초록대문 집을 찾습니다

초록대문 집을 찾습니다

권소희 에세이

도화

차 례

안개 속에서 푸른 희망을 찾다

안개가 깔렸다. 별이 사라지고 사람들이 사라졌다. 소리 없이 안개에게 점령당한 도로는 미지의 거리다. 자물쇠 가게도 사라졌고 아이들로 북적거리던 햄버거 가게 간판도 보이지 않는다. 전날까지 친절하게 방향을 알려주던 도로 표지판은 물론 이정표도 사라져버렸다. 미아처럼 길을 잃을지도 모른다는 두려움에 핸들을 꼭 잡고 눈을 있는 대로 크게 떴다. 그것도 모자라 허리를 곧추 세워 똑바로 앉았지만 벌써 내 마음은 허둥대고 있었다.

안개는 거인의 옷자락처럼 세상을 감춰버렸다. 거리를 가늠할 수 없는 저 너머에 뭔가가 있긴 한데. 안개 너머로 뿌옇게 번진 불빛이 보였다. 가까이 다가가서야 그것이 신호등 불빛이었음을 알았다.

그런데 앞이 보이지 않아 우회전해야 하는 길을 놓쳐버리고 말았다.

코앞에 다가가야 비로소 사물을 분간할 수 있는 안개는 마치 나의 인생을 닮은 듯하다. 앞날을 가늠하지 못해서 얼마나 많은 기회를 놓쳤던지. 한 치 앞을 보지 못하는 무지함 때문에 겪어야 했던 시행착오는 떠올리기도 낯부끄럽다. 그중에 제일 속상한 일은 아마도 사람을 몰라보는 일일 것이다.

몰라보는 게 어디 사람뿐인가.

이 길이 맞는 건가? 혹시 잘못 들어선 길은 아니겠지.

수없이 마음속으로 묻고 또 물어도 인생의 주인인 나는 여전히 내 삶에 자신이 없다. 왜냐하면 잘못 들어선 길은 되돌아 나오면 되지만 인생의 실수는 자신감을 잃게 만들기 때문이다.

살다 보니 나이를 먹는다는 건 자랑할 만한 일은 아닌 것 같

다. 어른이 되면 그럴듯한 무게가 있고 어른스럽게 진지할 줄 알
았다. 그러나 막상 어른이 되어도 거대한 안개를 마주하고 있는
것처럼 매 순간 당혹스럽기만 하다.

아직도 삶의 안개를 걷어내지 못한 나는 얼마나 더 방황하고
주저해야 하는 것인지.

하지만 나는 안다. 거리를 잴 수 없는 저편에 분명하게 미래
가 있다는 것을.

그곳에 도달하기 위해 나이가 장애가 된다면 나이대신에 지

혜를 구하리라. 뒤뚱거리기를 반복하는 세 살배기의 걸음걸이를 흉내 내어 보는 것도 괜찮겠지. 도전이 필요하다면 히말라야 등반에 오르다 빙사한 산악인의 혼령을 부르는 건 어떨까.

안개에 가려 놓쳐버린 수많은 실수들로 좌절하진 말자. 가보지도 않고 포기하는 건 길을 잃는 것보다 더 어리석은 일이리라.

새벽에 마주친 짙은 안개는 푸른 희망이다.

초록대문 집을 찾습니다

하루를 아침, 점심, 저녁으로만 나눌 줄만 알던 어린 시절, 우리 집 약도는 마치 만화에 등장하는 보물섬 지도처럼 엉성했다. 종이에 사각형 두 개와 직선 하나만 그리면 된다. 두 개의 사각형 중에 하나는 십자가를 그리고 다른 사각형에는 '초록대문 집'이라고 써서 넣으면 약도가 완성됐다. 길게 그린 수직선 밑에 독박골 고개라고 써서 넣으면 '고개 아래 동산교회 옆에 있는 살고 있는 우리 집'이 된다. 동산교회, 고개, 그리고 초록대문이라는 표시만으로 부족하다면 담배 가게를 하나 더 적으면 된다. 나랑 같은 초등학교에 다니던 선숙이네 담배 가게가 바로 우리 집과 마주했었다.

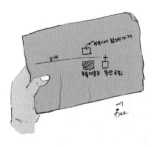

하지만 버스 정류장에서 우리 집까지 우습게 볼 거리는 아니었다. 수박이라도 한 통 들고 올라치면 어깻죽지가 빠질 것 같아 길을 걷던 중간에 수박을 깨버리고 싶을 만큼 멀다. 그래도 엄마가 시장을 간다고 하면 냉큼 따라나섰다. 그래야 대조시장에서 파는 납작 만두 한 조각이라도 얻어먹을 수 있기 때문이다.

맹호라고 이름 붙인 셰퍼드 개를 키운 적이 있었다. 그 큰 개는 도통 우리 집과 어울리지 않았다. 마당이라고 해봐야 장독 2개를 묻으면 한 사람이 겨우 지날 정도로 작았기 때문이다. 먹성이 좋은 녀석의 저녁 찬거리를 위해 겨우 내내 신문지를 챙겨 시장에 가야 했다. 생선가게에 신문지라도 갖다 줘야 그나마 생선 조각을 얻을 수 있기 때문이다. 비린내를 풍기는 개밥그릇을 내밀면 녀석은 날카로운 이빨로 생선대가리를 덥석 물어 저걱저걱 잘도 씹어 먹었다. 그런 녀석을 보면 추워서 시장에 가기 싫다고 꾀를 낼 수가 없었다.

　겨울을 지나던 어느 즈음에 맹호는 경찰서에 입양을 보내야
했다. 눈도 못 뗄 때는 똥개인지 셰퍼드인지 구분이 안 가던 강
아지가 털갈이를 몇 번 하더니 잘생긴 견공으로 변해갔다. 좁은
마당은 더 이상 맹렬하게 내갈기는 녀석의 오줌이 감당이 되질
않는지 꺼멓게 썩어가기 시작했기 때문이다.

　개집에 놓였던 자리에 라일락 나무를 심었다. 계절을 지날 때
마다 나무 기둥이 굵어지고 지푸라기 몇 가닥으로 처매주었던 장
미는 겨우 내내 얼어 죽지도 않고 되살아나서 초록대문을 빨갛
게 덮었다. 아마도 맹호가 내갈기던 오줌 덕분인 것 같다. 개천
을 지나 가파른 고갯길 오고 가며 학교를 다니던 우리들도 그것
들만큼 커져갔다.

　개천이 복개된 자리에 136번 버스가 다니기 시작했던 즈음이

었나. 학교와 시장, 버스정류장으로 흩어지기까지 무한정 걸리던 거리가 단축됐다. 버스가 다니고 지하철 공사가 시작됐다. 구기터널이 뚫리면서 빈약한 그림으로도 포도밭 너머에 살던 친구네도 찾을 수 있고 전봇대 두 개 지나면 보인다던 선미미용실도 설명만큼이나 찾기 쉽던 그 시절은 온데간데없어졌다. 왜냐면 도로명칭이 바뀌어 예전의 주소가 아니다. 재개발되어서 우리가 살던 불광동 1-217번지 초록대문 집은 세상 어디에도 존재하지 않게 되었다.

무의식의 페달을 밟아주던
할머니의 목소리

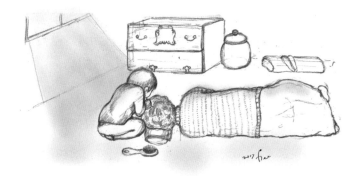

나의 기억 뿌리 끝에 매달려있던 것들은 우연히 도움을 주던 선한 사람들, 뭉클한 감정을 불러일으키는 영화 한 장면, 가슴 저리게 파고들던 시 한 구절, 뼛속에 수직으로 떨어지던 한마디의 충고, 실수라고 얼버무려도 용납이 되던 청춘이었다. 그것들은 시간이 흘러도 좀처럼 사라지지 않고 오래도록 내 의식을 흔들며 지배해왔다. 아니, 지금의 나를 만들어 냈던 것은 또렷하지 않은 어린 시절의 그 무엇 때문이었다. 그 무엇, 시간의 앞뒤가 정리되지 않아 뒤죽박죽이었던 그 시절은 나와 외할머니가 톱니처럼 맞물려있었다.

정갈하고 깔끔한 외할머니는 늘 콧등에 분가루를 뽀얗게 발랐다. 때문에 할머니에게서는 늘 살풋한 분내가 풍겨났다. 멋 부리기를 좋아하는 할머니는 무채색 옷은 질색을 했다. 그런 할머니에게 치명적인 고민은 흰 머리카락이었다. 알러지 반응 때문에 염색약을 사용할 수 없었던 할머니는 흰 머리카락을 뽑기 시작했다. 흰 머리카락만 뽑으면 검은 머리카락만 남을 거라는 논리는 그럴듯했다.

나는 목침을 베고 누운 외할머니 머릿속을 헤집으며 족집게로 흰 머리카락을 뽑아 까만 옷솔 위에 한 올씩 올려놓았다. 모공이 두 개씩 겹쳐있는 흰머리를 발견할 때는 금이라도 캔 것 마냥 베개를 베고 누워계신 외할머니에게 내밀었다. 그러나 실수로 흰 머리카락이 아닌 뽑지 말아야 할 검은 머리카락을 뽑을 때도 있었다. 그러면 혼이 날까 봐 잘못 뽑은 검은 머리를 슬그머니 옷솔 위에 올려놓았다. 누워있는 할머니는 내가 흰 머리를 뽑는지 검은 머리를 뽑는지 알 수 없었다.

그런데 흰머리 뽑기는 정말로 고욕이었다. 장시간 무릎을 구부리고 앉아서 손에 머릿기름을 묻히는 일이 마냥 좋을 수는 없었다. 바깥에서 아이들 뛰노는 소리가 들리면 싫다고 밖으로 내빼기도 했었다. 할머니는 말 안 듣는 손녀를 달래기 위해 10원짜리 동전을 쥐여주기도 하고 옛날이야기를 들려주기도 했다. 이야기를 듣는 맛에 나는 하는 수 없이 흰 머리카락 사냥을 나섰다. 할머니는 내가 오래도록 흰 머리카락을 뽑도록 이야기를 보태고 늘려서 꾸며댔다. 심청전이며 장화홍련전은 몇 번씩 우려먹은 이야기다. 한글을 깨우쳐 일찍이 신소설을 많이 읽었던 할머니는 남편이 도박으로 재산을 탕진한 기구한 여성의 운명에서부터 일본 유학을 다녀온 신식 여성의 거친 일생까지 내 말랑한 의식에 차곡차곡 뿌려 놓았다. 그러다 이야기 밑천이 떨어지면 나에게 들려줄 이야깃거리를 위해 책을 읽으셨다.

그 흰 머리카락 뽑기도 내가 중학교에 들어가면서부터 끝이 났다. 학교에서 돌아오는 시간이 길어지고 숙제하기도 바빠서 자연스레 외갓집으로 향하던 발걸음이 뜸해졌다. 아주 이따금 외갓집을 찾았는데 그때마다 나는 시선을 딴 데로 돌려야 했다. 할머니는 점점 늙어갔다. 숱이 적은 할머니의 머릿속은 횅해 보기에 딱해 보였다. 검은 머리카락을 뽑았던 내 잘못으로 할머니가 늙은 것 같아서 마음이 편치 않았다. 결국 할머니는 가발을 쓰셨다. 주름이 쭈글쭈글한 할머니의 가발 쓴 모습은 여전히 멋쟁이 포즈를 풍겼다.

작가가 된 지금에 와서 생각해보니 들창을 타고 내리쬐던 햇빛 아래 쪼그리고 앉아 흰 머리카락을 뽑던 나에게 조근조근 옛날이야기를 해주던 할머니의 음성은 나의 무의식 속에 자리 잡아 꿈을 놓쳐버린 삶의 페달을 대신 밟아주던 풍금 소리였다.

아버지, 이제 부를 수 없는

불광동 독박골에 교회가 세워졌다. 천막을 두르고 가마니를 깔았던 교회는 산으로 쏘다니던 독박골 아이들에게 '소망'이라는 환상을 갖게 만들었다.

노예로 팔려간 요셉이 나중에는 이집트의 국무총리가 되었다는 설교를 들으면 아이들은 '성공'이라는 작은 꿈을 가슴에 한 개씩 품을 수가 있었다. 성공학에 관한 책을 따로 읽지 않아도 자연스레 꿈을 꾸는 방법을 터득하게 된 것이다.

현실적으로 전혀 가능하지 않은 일들이 기도를 하면 이루어진다는 믿음은 조명탄처럼 남루한 마음 가운데서 환하게 불을 밝혀주었다. 믿음이라는 게 뭔지 모를 나이에 접해 본 기도는 미래라는 시간에 어깨를 걸칠 수 있게 만들어주었다.

동네 아이들은 틈만 나면 공터 대신 햇빛이 들지 않는 어두컴컴한 기도실에 모였다. 모두 간절하게 하나님께 각자의 소망을 빌었다. 너무도 절실한 기도였기에 기도가 안 이루어진다는 것은 상상할 수도 없었다. 아무것도 가진 것이 없는 아이들에게 기도는 신앙을 초월하는 간절함을 불러내었다.

내게도 간절함이 있었다. 교회 다니는 것을 반대하는 아버지가 하루빨리 교회에 나올 수 있도록 은혜를 구하는 기도였다. 겉으로 보면 더할 나위 없는 믿음이 좋은 딸의 모습이었다.

아버지만 바뀌면 더 이상 교회 가는 엄마에게 손찌검하는 모습은 보지 않을 것 같았다. 아버지가 교회에 나오면 성경책이 찢겨져 마당에 나뒹구는 참담함은 그날로 끝이 날 것 같았다.

그러나 그 기도의 본질을 아는 사람은 없었다. 기도실이 떠나가라고 부르짖었던 그 절실함 뒤에 숨겨져 있던 본심을. 그 기도가 실상은 아버지의 영혼을 사랑해서가 아닌 내 편의를 위한 기도였다는 것을. 믿음이 좋아 보이는 기도의 실체가 실상은 아버지의 영혼을 위한 게 아니고 나를 위한 기도였다는 것을 다른 사람들은 알 턱이 없었다.

아버지만 바뀌면 아니, 나를 위해 아버지는 바뀌어야만 했다. 나를 위해.

그런 가식적인 기도에 하나님의 응답이 있을 리 없었다. 아버지는 북한산 향로봉 위에 올려 있는 바윗덩어리 마냥 꿈쩍도 하지 않았다. 나는 지쳐갔다. 변하지 않은 아버지의 모습에 좌절하고 미워하며 끊임없이 아버지를 원망했다.

5월, 아버지는 67세 나이를 채 끝내지도 못하고 돌아가셨다.

돌아가신 후에 깨달았다. 나의 이기심을 위해 기도라는 형식을 빌렸다는 것을. 화목한 가정을 갖고 싶은 욕망에 지나지 않았던 가식적인 믿음의 본체를 말이다.

해마다 돌아오는 5월은 내게는 참회의 달이다.

버릴 수 없는 것도 있다

3월이다. 봄이 시작됐다는 말이 더 잘 어울린다. 사계절이 분명했다면 3월이 됐으니 봄이 왔다고 기대해도 좋을 것이다. 온화한 날씨가 연일 이어졌다. 하지만 봄이라고 마음을 턱 놓기는 아직 이르다. 봄이 왔다지만 기온이 뚝 떨어졌던 경험이 한두 번이 아니었기에.

캘리포니아 날씨는 불분명하다. 꽃샘추위와는 다른 변덕이랄까. 겨울인 것 같으면서도 봄날 같고 봄이 왔는가 싶다가도 허겁

지겹 옷장 안에 넣어두었던 캐시미어 스웨터를 꺼내야 한다. 계절을 분간하지 못하는 건 사시사철 초록빛을 잃지 않는 울타리 너머의 나뭇잎 때문이기도 하다.

지난해 거리에 세워진 길쭉한 나무에서 가을을 슬쩍 경험하긴 했었다. 나뭇잎이 화려한 붉은 빛을 내보이더니 가을은 곧바로 낙엽이 되어 땅에 떨어지고 말았다. 그뿐이었다. 여전히 굵은 고목나무 기둥을 기어오르며 두 마리의 다람쥐가 청록색의 널찍한 이파리 속으로 숨는다. 겨울이 짧은 이곳이 그들에겐 천국이다.

올해는 봄을 반기기로 마음먹었다. 겨울을 좋아하는 내가 봄에게 마음을 쏟는 것은 그리 쉬운 일은 아니다. 우선은 햇빛을 차단했던 블라인드 각도를 세워 빛을 한가득 받아야 한다. 무엇보다 청소를 해야 한다. 청소, 심기가 불편해진다. 봄을 부담스러워하는 이유가 고작 청소 때문이라니. 고작이 아니라 사실 내겐 큰일이다.

지난겨울, 딸이 불쑥 책 한 권을 건넸다.

『인생이 빛나는 정리의 마법?』

책을 사온 성의를 생각해서 끝까지 읽긴 했다. 읽고 났더니 오히려 딸의 잔소리가 끊이질 않는다. 왜 책에서 시키는 대로 정리를 하지 않느냐고. 딴에는 엄마를 생각해서 사온 것이니 하는 수 없이 제시한 방법대로 옷장에서 옷을 죄다 꺼냈다. 어깨심이 심하게 들어간 디스코 풍의 원피스와 살이 빠지면 입으려고 했던 A라인 스커트를 제외하고는 결국은 몽땅 챙겨서 다시 옷장 안에 집어넣었다. 다음은 부엌. 찬장을 열어보니 버릴 것 천지다. 그걸 정리하려니 머리가 아파왔다. 이사라도 가면 모를까. 도무지 정리할 엄두가 나지 않았다.

사실 정리가 안 되는 건 유행 지난 옷이나 이 빠진 접시 따위가 아니다. 연필과 볼펜, 형형색색의 종이류, 가죽커버로 된 것부터 내 이름이 한자로 새겨진 검은 색 수첩까지. 책상 위에는 볼펜과 가위, 파지를 반으로 자른 메모지들이 너저분하게 차지하고 있다.

책에는 정리하려면 무조건 몽땅 버리라고 적혀있었다. 안 될 말이다. 다행히도 그 책에 보석을 버리라는 말은 쓰여 있지 않았다. 내게는 수첩 따위의 문구류들이 보석이다.

청소만 없다면 봄은 꽤 괜찮은 계절이다. 오늘같이 햇살이 따뜻한 날은 묵은 먼지가 유난히 거슬린다. 팔을 걷어붙이고 유리창이라도 닦고 싶다. 설사 내일 날씨가 변덕을 부릴지라도 오늘은 이 따스한 햇살이 살갑다. 내 마음에 봄이 오긴 온 모양이다.

만능열쇠로 여는 인생

워너 스프링스 랜치(Warner Springs Ranch)로 여행을 떠났다.

캘리포니아 산맥은 한국의 산세와는 확연히 다르다. 신기하게도 그곳의 산 모양은 어릴 적에 내가 살았던 불광동 뒷산을 닮았다. 나지막한 산봉우리가 그렇고 군데군데 박혀있는 바윗돌은 영락없는 우리 집 뒷산이다. 동네 뒷산과 흡사한 산등성이를 바라보니 기억이 고향으로 내달렸다.

내가 살던 동네는 산에 바윗덩이가 많아 '독박골'이라고 불렸다. 돌밭골로 시작한 이름은 점차로 독박골로 바뀌었지만 변한 것은 명칭뿐 동네 어른들은 변하지 않았다. 어른들은 척박한 돌멩이를 닮아갔고 동네 아이들은 희망 없는 어른들을 닮아갔다.

독박골에서의 오늘은 어제와 똑같았다는 것을 의미한다. 그 동네에서'내일'은 뫼비우스의 띠처럼 가난으로 연결됐다. 나는

그 가난의 뫼비우스 띠에서 탈출하기로 결심했다. 다니던 직장
에 사표를 내고 스물다섯 살에 대학입시 준비를 했다.

  지금 생각해도 아찔한 선택이 아닐 수 없다. 입시에 실패하
면 인생 자체가 끝장이었다. 그 당시 사회 분위기는 여자 나이
스물다섯이면 받아줄 직장도 없었다. 대입시험에 떨어지게 되
면 한 해, 두 해 집에서 놀다가 시집이나 가는 게 그다음 순서였
다. 별 볼 일 없는 처자와 결혼하는 남자도 능력 없기는 마찬가
지일 테니 가난에서 절대 벗어날 수 없는 운명은 맡아놓은 당상
이었다. 그런데도 주위 사람들은 탐탁지 않은 듯 저마다 한 마
디씩 거들었다.

  '그 나이에 대학은 들어가서 뭐하니?'

그 충고는 독박골의 가난보다 더 슬픈 일이었다. 굳어진 통념과 맞서고 편견에 지레 겁먹었던 두려움을 극복하는 일이 늦깎이로 공부하는 것보다 더 힘겨웠다.

가난은 쉽게 나를 놓아주지 않았다. 결국 등록금 때문에 26세 입학한 대학을 38세가 되어서야 졸업을 하게 되었다. 더구나 38살에 얻은 대학 졸업장은 정말로 쓸모가 없었다. 신입사원으로 지원하기엔 나이가 너무 많았고 경력사원으로 지원하기엔 턱없이 실력이 부족했다.

하지만 나는 만능열쇠를 갖게 되었다. 그 열쇠는 좌절과 절망의 문을 열게 만들었다. 용기와 배짱이 있는 자만이 그 열쇠를 가질 수가 있다. 그 만능열쇠로 문을 열지 않으면 희망은 현실이 되지 않음을 알았다.

대학을 졸업하기 위해 나는 무슨 일이든지 해야 했다. 경리, 전화 교환원, 우유 배달, 미싱사, 미술 강사 등 수많은 직업을 거치면서 나는 독박골에 널려있는 돌멩이처럼 단단해져 갔다.

31

게다가 고난은 내게 입체 안경을 선물했다. 힘이 들고 어려울 때마다 난 그 안경을 끼고 세상을 바라본다. 사람 대신 높은 하늘을 보았고 파노라마처럼 펼쳐진 미래의 내 모습을 보며 나는 참고 견뎠다.

나는 내가 택한 선택이 완벽했다거나 옳다고는 여기지 않는다. 또한 늦은 나이에 대학에 들어갔다는 것도 중요한 일은 아니다. 하지만 가난을 벗어나려 했던 무모한 저항의식에는 박수를 치고 싶다.

지금도 나는 만능열쇠를 쥐고 고난이라는 입체 안경을 끼고 세상을 바라본다. 거기에는 내일의 내 모습이 들어앉아 있다.

산불 지나간 자리, 새싹은 돋아날 것이다

산불이 나면 인간은 속수무책이다. 불꽃은 인간을 비웃듯 능선을 따라 무서운 기세로 번져나간다. 산불이 작은 불씨에서 시작됐다면 더더군다나 허탈할 일이다.

아주 어릴 적이었다. 아버지는 신문을 읽고 있었고 나는 아랫목에 누워 유엔 성냥갑을 만지작거렸다. 그러다 성냥 한 개를 꺼내 쓰윽 불을 켰다. 성냥개비는 휘리릭 타오르다 재가 되어 절을 하듯 고개를 떨구었다. 몇 번을 긋고 또 그었다. 매캐한 화약 냄새가 좋았다. 아무 생각 없이 불장난을 하다가 불씨가 남아있는 줄도 모르고 성냥개비를 성냥갑 안에 촘촘히 박혀있는 성냥개비 윗부분에 대고 눌렀다. 그 순간.

확. 천장까지 불꽃이 솟았다.

기둥처럼 불꽃이 치솟았다. 그 순간 아버지는 불붙은 성냥갑을 맨손으로 잡아 바깥으로 집어 던졌다. 아버지의 재빠른 순발력이 없었다면 우리 집은 홀랑 타서 온 식구가 거리에 나앉을 뻔했다. 가슴을 쓸어내릴 아찔한 경험이었다.

그리스 신화에 보면 원래 '불'은 신의 것이었다. 신들의 불을 프로메테우스가 훔쳐 인간에게 전해주었다. 불은 인간에게는 선물이었지만 프로메테우스는 인간에게 불을 전해준 대가로 벌을 받아야 했다. 그는 카우카소스산에 묶여 독수리에게 간을 쪼아 먹히는 형벌을 받았다. 독수리에게 간을 파먹히고 또 다음 날이면 되살아나 또 파먹히고, 프로메테우스는 신이기에 죽지도 못했다. 가혹한 벌을 내릴 만큼 불은 신만이 다룰 수 있는 위험한 물질이었는지 모른다.

불을 얻은 인간은 신과 같은 존재가 되었다. 불을 갖게 된 인간은 더 이상 두려운 게 없었다. 야생으로부터 자신을 보호하는 것은 물론 다른 종족도 공격하게 되었다. 게다가 지능적으로 불을 다루어 각종 무기를 생산하게 되었다. 무기의 본질은 불이다.

불은 에너지를 발산하며 사람을 흥분시킨다. 양의 기운이 절정인 붉은 색은 자극적이다. 연예인이 되고 싶은 사람은 이 화化의 기운이 많아야 성공한다.

하지만 겉으로 화려해 보이는 불의 내면은 정반대의 기운을 품고 있다. 걷잡을 수 없는 불은 순식간에 활활 타오르고 꺼지면 남는 것은 재뿐이다. 불은 곧 죽음을 의미한다.

역설적인 말이겠지만 미지의 숲속은 때론 불이 필요하다. 나무가 울창한 숲은 인간 모르게 스스로 자신을 지켜나간다. 건조한 나뭇잎과 바람은 적당하게 비벼대며 마찰하다가 불을 일으키기도 한다. 왜냐하면 어떤 나무의 씨앗은 불에 그슬리지 않으면 발아가 되지 못하기 때문이다. 이러한 식물은 주기적으로 화염에 휩싸여 콩 볶듯이 튀겨져야만 종족번식이 가능해진다.

다음 세대를 위해 싹을 틔우는 데 중요한 산불, 그건 숲만이 알고 있는 비밀이다.

산불이 지나간 자리는 거뭇거뭇하다. 화염에 그슬린 자리에 생명의 기미라곤 엿보이지 않는다. 하지만 머잖아 그 죽음의 땅을 뚫고 파란 새싹이 돋아나올 것이다. 검은 덤불 사이에서 쏙 고개를 내미는 새싹은 쫄딱 망해 빚더미 위에 앉아 있는 인간에게 희망을 전해주려는 숲의 이야기다.

내가 본 신의 눈물

'보다'라는 동사는 인간의 원죄
와 관계가 깊다. 선악과를 바라보
던 하와가 먹고 싶은 욕구를 일으
켰다면 죄는 보는 것으로부터 시
작되는지도 모른다.

관능적인 몸매를 감상하는 것
은 그야말로 단순한 의미의 견見하는 것이고 먹음직스러운 요리
에 군침을 흘리는 것은 시視하는 것이다. 자신을 살펴보는 찰察은
내면을 의미하지만 관觀보다는 한 수 아래다.

관觀은 근본이치를 꿰뚫어 보는 단계다. 인간존재의 실상을
파악하는 불교철학이 가장 강조하는 경지다. 마음의 눈으로 보
아야 하는 관의 단계에 다다르려면 수양이 따라야 한다. 하지만
기독교에서는 보지 않고 믿는 믿음을 최상으로 친다.

보지 않고도 본 것처럼 믿는 것, 그건 어미의 마음이다. 세상의 어머니는 종교를 초월한다. 자식이 패륜아라 할지라도 어머니는 자식에 대한 소망을 저버리지 않는다. 자식에 대한 기대를 잃지 않는 어머니의 절절한 애정은 관의 경지이고 믿음의 완성이다.

나는 불광동 부근에 있는 독박골에서 자랐다. 어느 해인가 한국 방문 길에 들렀더니 초등학교 1학년 때부터 살았던 우리 집은 다 헐리고 아파트 공사가 한창이었다. 재개발로 남은 동네마저 해체될 때까지 살았으니 나는 그 동네 토박이로 산 셈이다.

구기터널로 넘어가는 운치 있는 지금의 가로수 길은 예전에는 개천이었고 주변은 온통 무허가 집들뿐이었다. 돌이 많아 독박골로 불렸던 그 동네에서는 돌멩이처럼 사람도 하잘 것이 없다.

척박한 땅. 희망이라는 낱말이 죽어버린 동네.

　그런 동네에서 나의 어머니는 무엇을 보았던 것일까. 아니면
아무것도 보이지 않았기에 울부짖었던 것인가. 어머니는 틈만
나면 담요에 성경책을 둘둘 말아 집 앞에 있는 교회로 향했다. 식
구들이 깰까 봐 불도 못 켜
고 더듬더듬 옷을 입던 어
둑한 실루엣. 북한산 자락
에서 훑어 내리는 독박골
의 겨울바람은 어찌나 매
섭고 차가웠던지.

　나는 보았다. 구부정하
게 딱딱한 의자에 앉아 밤새 기도를 하던 어머니의 등허리에 겹
쳐지는 신의 눈물을.

깊어가는 나의 '가을 기도'

시월이다. 10월보다는 시월이 더 가을을 닮은 것 같다. 가을이 되면 라이너마리아 릴케가 생각나고 그의 시 「가을날」이 떠오른다.

'주여, 때가 왔습니다. 지난여름은 참으로 위대했습니다. 당신의 그림자를 해시계 위에 얹으시고 들녘에 바람을 풀어놓아 주세요. 마지막 과일을 익게 하시고 이틀만 더 남국의 햇볕을 주시어 그들을 완성시켜 마지막 단맛이 짙은 포도주 속에 스미게 하소서….'

달력을 세심하게 보지 않는다면 LA의 가을은 어느 틈에 생략이 되고 만다. 사라질 줄 모르는 뜨거움. 지난여름도 변함없이 건조한 사막바람은 지루한 줄도 모르고 주변을 맴돌았다.

그런데 어쩐 일인지 계절의 변화를 알리듯 촉촉한 비가 내렸다. 갑작스런 날씨변화는 괜히 시니컬하게 만든다. 벌써 시월이라니.

'낙엽이 흩날리는 날에 가로수 사이를 이리저리 불안스레 헤맬 것입니다'라고 릴케가 읊은 대로 공연히 마음은 허둥대고 빈손 마냥 마음이 허전해진다.

이미 아홉 장의 달력이 찢겨나갔다. 아직 시작되지 않은 두 장의 달력을 뒤적거려본다.

'이 해도 다 지나갔네.'

이 해가 끝나려면 아직 두 달이나 남았는데도 난 결산을 떠올린다. 억울하기도 하고, 해명을 하고 싶어진다. 첫 달은 얼마나 여유와 패기가 있었던가. 하지만 달력을 넘길수록 어떤 의욕은 열에 녹아내린 구리줄이 되어버리고 말았다. 또 어떤 꿈은 시작도 못 한 채 접어야만 했다. 불황과 맞물린 탓이라고 변명해보지만 변명이 아니라 실직으로 이

어진 불황의 그늘은 너무 짙고 깊었다.

노동시간이 끝나기도 전에 거리로 내몰린 사람들. 그 틈에 나도 섞여 있었다. 내일 당장 해결해야 할 고지서로 뜬눈으로 밤을 지새우는 사람들. 그 근심 속에 나도 껴있었다. 자존심을 잃어버린 걸음걸이는 뜨거운 여름 한 철을 지나는 동안 속절없이 무너진지 오래다.

겨울이 채 되기도 전에 호흡은 얼어붙고, 눈에 흰 막이 덮이고 말았다. 잠을 이룰 수가 없는 날이 많아졌다. 나는 더디 오는 아침을 기다릴 수가 없었다. 뒤척이다가 조급증에 걸린 사람마냥 밖으로 뛰쳐나갔다.

새벽은 절박한 사람에게만 보이는 법이다. 깜깜한 하늘엔 별도 보이지 않았다. 유독 한 개의 별만이 새벽하늘을 지키고 있었다. 만약에 그 별을 발견하지 못했다면 아마 오랫동안 이어질 고독의 시간을 견딜 수 없었을 것이다.

신의 그림자를 해시계에 얹어 달라던 릴케의 기도가 나에게도 절실해졌다. 나는 가장 낮은 자세로 몸을 낮추고 무릎을 꿇었다. 마지막 남은 과일을 익게 하고 그것을 완성시키는 것은 내가 할 수 없다고 실토했다. 새벽은 내 어깨를 쓰다듬고 위안을 베풀었다. 안 그랬으면 나는 다른 무리들과 함께 해가 지는 서쪽을 향해 걸었을 것이다.

'지금 집이 없는 자들은 이제 집을 짓지 않습니다'라고 말했던 릴케 고백대로 무엇을 시도하기엔 너무 늦었는지도 모른다. 그래도 아직 포기하기엔 이르다. 잠 못 이루는 밤이면 쌓아두기만 했던 책을 꺼내 읽고 오랜만에 편지를 쓸 참이다.

그러기 위해서는 나도 남국의 햇볕을 이틀만 더 허락해달라고 간절히 읊조려야 할 것이다. 이 시월에.

시간을 훔치는 사람들

'시간'이 각별하게 느껴지는 12월
이 왔다. 이 시기가 되면 사람들은 서
두르듯 지난 시간을 헤아리기 마련이
다. 어떤 사람에게 24시간은 너무 짧
았을 수도 있고 또 어떤 이는 빈둥거
리며 24시간을 보냈을 것이다.

미하엘 엔데가 지은『모모』에는 게
으른 사람을 가리켜 '하나님의 시간을 훔친 사람'이라고 정의했
다. 남의 시간을 훔쳤기 때문에 시간이 널널하게 많은 거라고.
찔끔. 할 말이 없다. 그렇다면 나야말로 하나님의 시간을 엄청나
게 훔친 사람이 아닌가.

하루에 서너 시간만 자고 오늘날의 성공을 이루었다는 성공신
화를 듣게 되면 나는 엄청난 스트레스를 느끼고 조급해진다. 게
다가 자학까지 밀려들어 마음이 몹시 불편해진다. 목표를 이루
려면 30분 간격으로 시간표를 짜야 한다는 성공자의 조언은 흉
내 낼 자신도 없다. 그쯤 되면 나는 속 좁게도 그 사람에 대한 존
경보다는 질투심에 휘말리고 만다.

'저 사람은 저렇게 성공할 동안 나는 대체 뭘 한 거야?'

솔직히 내가 게으른지는 모르겠는데 시간을 낭비했던 것만은 분명하다.

넋 놓고 멍하니 있기, 괜히 인터넷 사이트를 구글링하기, 이 책 저 책 뒤적이기, 불현듯 쇼핑하기 등등.

잠자는 시간을 줄이기는커녕 허투루 흘려보낸 시간만이라도 다 모았다면 나도 아마 대단한 사업가나 훌륭한 학자가 되었을 거라는 건 인정한다. 그렇지만 내게 있어 어떤 시간은 의미 없이 흘러갔을지 모르지만 그 삶이 절대로 헛된 것이었다고는 말하고 싶지 않다.

이발사 푸지에게 시간을 빼앗아가는 시간저축은행 영업사원은 이렇게 말한다.

"시간을 아끼세요. 잡담도 금지하고 쓸데없는 앵무새는 갖다 버리고 15분간 명상하는 시간도 없애고 책을 읽거나 친구를 만나는 시간을 버리세요."

푸지가 가장 곤혹스러워했던 것은 자신이 사랑하는 다리아 양에게 꽃을 사 들고 매일 30분간 방문하는 것도 시간낭비였다는 영업사원의 설명이다.

사랑하는 사람을 떠올리는 일마저 손실이라는 계산법에 나는 그만 시간의 효율성이 끔찍해지기 시작했다. 시간을 잘 쓰는 것도 물론 중요하지만 시간을 타고 흐르는 삶의 모습은 자로 잰 듯 일률적이거나 틀에 박힐 수는 없는 법이다. 삶은 시간이 만들어 주는 것이 아니라 실패라고 불리는 상실을 통해서 성숙되고 시행착오를 거치며 존재를 더듬게 만든다.

한때 내게도 좌절을 경험했던 반항의 시절들이 있었다. 어른
들은 그런 내 모습을 가리켜 불량학생이라는 표현을 썼겠지만.
어른들의 바람대로 내가 착실한 학생이었다면 의사나 변호사는
되었을 수는 있었어도 소설은 쓰지 못했을 거라는 것이 나의 해
명이다.

그 생각은 앞으로도 바뀌지 않을 것이다. 글을 쓰기 위해서라
면 산책하는 시간을 줄이지 않을 것이고 생각에 잠기는 공상 시
간도 줄이지 않을 생각이다. 그리고 누군가로부터 꽃 한 송이를
선물로 받을 수 있을 거라는 기대는 결코 저버릴 생각은 없다.
이제는 있을 수 없는 일이겠지만 사랑할 수 있다면 나는 과감하
게 사랑도 택하고 싶다.

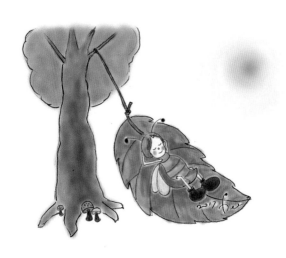

뚝심으로 봄을 기다리자

오랜만에 마음먹고 책상 정리를 했다. 뒤죽박죽된 서랍 속을 정리하려니 마음부터 심란하다. 압정과 클립, 연필통도 가지런히 정리하고 모아두기만 했던 메모장은 서랍 맨 아래 칸으로 옮겼다. 그렇게 차곡차곡 서랍 정리를 끝낸 며칠 후, 무심코 첫 번째 서랍을 열었다. 메모장을 꺼내기 위해서다. 아차! 메모장은 서랍 밑 칸으로 옮겼지!

습관은 자리바꿈을 기억하지 못했다. 익숙하지 않은 것은 왠지 거북하다. 껄끄럽게 느껴지면 저항이 따라온다. 하지만 그것도 잠시다. 거북한 것도 시간이 지나면 자연스러워진다. 역사는 그런 과정을 거쳐 진화했다.

　전기의 발견은 생활의 패턴을 바꾸어버렸다. 불이 없던 시절 얼마나 불편했던가. 어릴 적 내가 살던 동네는 서울이라도 외진 곳이라 전기가 들어오질 않았다. 어둠이 내리면 호롱불 유리관을 열어 심지에 불을 붙이던 외할아버지의 굼뜬 손동작이 아직도 눈에 선하다.

　하지만 변혁의 뒤안길에는 슬픔이 웅크리고 있다. 신발이 등장하자 고무신 장수는 딴 직업을 찾아 나서고 센베이 과자를 만들던 과자공장은 폐업을 해야 하는 아픔이 생겨나는 것이다. 추운 날 찹쌀떡과 메밀묵을 외치던 소리는 추억 한 귀퉁이로 밀려나 이젠 들을 수 없는 소리가 됐다. 그것들을 즐기기에 사람들의 미각은 서구화되고 사치스러워졌다.

2008년 11월 4일, 역사의 기록에 한 점을 찍는 사건이 일어났다. 피부색 까만 흑인이 미국대통령으로 당선이 된 것이다. 그가 내세운 '변화'라는 말 한마디에 젊은이들이 열광하고 전 세계인들은 흥분을 감추지 못했다. 인종적인 관점으로만 따졌을 때 흑인이 미국을 대표하는 대통령이 되었다는 것은 엄청난 의식의 전환이고 변화 그 자체일 수도 있다. 하지만 흑인이 미국대통령이 되었다는 것만으로 흥분하는 것은 넓은 의미의 변화를 이해하지 못함이다.

동양 사상은 음양오행으로 변화를 이야기한다. 하지만 동양철학에서의 변화는 새로움의 창조가 아니라 순환의 반복으로 해석한다. 봄이 가고 여름이 오는 변동은 분명 변화인 것은 틀림없지만 사계절이라는 관점에서는 본다면 그것 또한 주기를 갖고 반복되는 과정의 일부분이다.

서양인의 사고방식은 전혀 다르다. 변화가 오기를 관조하는 것이 아니고 변화를 의도적으로 계획하고 확장시킨다. 식민지를 얻기 위해 대륙을 찾아 나서고 해저 바닥을 뒤지며 대기권 너머로 인공위성을 쏘아 올리는 것도 그들이 먼저 시작했다.

변화한다고 해서 모두에게 만족을 가져다주는 것도 아니다. 변화를 하는 그 순간 어떤 사람은 이득을 취하지만 어떤 이는 불이익을 당할 수도 있다. 그런데도 불구하고 변화를 갈망한다는 것은 변화 자체에 매력을 느껴서라기보다는 현재의 상태가 만족스럽지 못하기 때문일 것이다.

더군다나 변화가 자리 잡기 위해서는 시행착오 과정을 반드시 거쳐야 한다. 변화는 기존의 전통을 억제하기 때문에 마찰과 충돌은 어쩔 수 없다. 변화만 원하고 진통의 과정을 회피한다면 그건 모순이다.

세상은 백인이든 흑인이든 대통령 한두 사람에 의해 몰락하거나 금세 흥하지 않는다. 지금 필요한 것은 경제위기가 닥쳐와도 동요하지 않는 뚝심이다.

여름이 끝났다. 이제 가을이 지나고 겨울이 올 것이다. 움츠러드는 계절, 어느 구석에선 봄에 틔울 씨를 품고 있을 것이다.

주저 없이 껴안는 '하루'

　　꾸덕꾸덕 하루가 말라가고
있었다. 아침이 되면 밤이 그립
고 밤이 되면 지나온 하루가 아
쉽다. 감격도 없고 그렇다고 슬
프지도 않은 하루가 그리피스
산 너머로 담담하게 저물어 가
고 있다. 하루를 곱씹고 있는 내게 어둠은 지나온 세월을 묻는다.
의욕이라 이해했던 욕망과 도전이라고 여겼던 집착의 시간들을.
　　마음은 미래에 살고 현재는 슬픈 거라는 푸쉬킨의 시가 한때
는 위로가 됐었다. '삶이 그대를 속일지라도 슬퍼하거나 노하지
말라'던 그가 겪었을 절망은 어떤 것들이었을까. 나는 믿고 싶었
다. 포기하지 않으면 이루게 될 거라고. 하지만 세상에는 하고 싶
어서 하는 일보다 하고 싶어도 할 수 없는 일들이 더 많았다. 그
걸 알아차리는 데는 오랜 시간을 헛돌아야 했다.
　　결핍이라 여기던 날들이 반복됐다. 비슷비슷했던 그 어느 하

루는 노오란 프리지아 꽃다발처럼 아름다웠던 적도 있었다. 입학식이었나? 아마 졸업식이었을 것이다. 그날은 철없는 아이들의 웃음소리였다. 신부가 되던 결혼식 날 오히려 구슬 박힌 드레스가 더 아름다웠다. 걱정이 더 앞섰을 것이다. 연습 없이 부모가 되어야 하는 걸 그제야 깨달은 것이다. 예식장을 빠져나오기는 이미 늦었다. 실수였음을 알아차려도 되돌리는 결혼은 복잡하고 부모가 되기도 전에 부부로 살아가는 건 턱에 부쳤다. 화해하는 방법을 배우지 못했던 탓이다. 살아보니 슬퍼하거나 노하는 것보다 적당히 넘어가는 게 차라리 속은 편했다. 어차피 인생이란 게 정답은 없는 법이니까. 답을 택한 게 아니라 피해가는 요령만 터득한 셈이다.

사랑의 정답은 하나라고 굳게 믿고 있는 어느 수필에서 그 문인의 망가진 육체만큼 죽어가고 있는 문학이 답답하다. 사랑이 범죄가 되고 있는 세상에서 살아남는 것은 무엇일까? 사랑의 고백이 부끄러운 게 아니라 사랑의 대상이 없는 걸 슬퍼해야 한다. 늙어가고 있다면.

가끔은 강원도 속초에서 봤던 동해안이 떠오른다. 기억 속에 떠오르는 바다는 왜 그리 짙푸른지. 낚시를 하는 아버지를 따라 처음 보았던 그 바다 빛깔은 그리움만큼 푸르다. 그래서 나는 여전히 두리번거린다. 아버지에게 끝내 하지 못했던 사랑한다는 말을 하기 위해. 하지만 나는 용기도 없다. 설사 말할 수 있다 해도 그것은 사랑이라고 믿고 있는 착각에 불과하다. 착각은 비난받을 수 있어도 사랑은 존재의 전부다. 남녀 간의 감각적인 사랑일망정.

타인에게 불량했던 하루가 저물고 있다. 행복해지기 위해 세상을 힐끔거릴 게 아니라 불행이 무엇인지를 먼저 알았어야 했다. 세상에 빚진 자가 가야 할 곳은 천국이 아니라는 것도. 날이 저물면 덜컥 겁이 나는 이유다.

세상은 순응하도록 창조된 게 아니라 저항하라고 만들어진 것일지도 모른다. 그래서 말하고 싶다. 행복은 내일 누리는 것이 아니라 오늘이어야 한다고. 오늘, 사랑할 수 있다면 주저하지 말고 껴안으라고.

자신에게 아첨하라

이솝 우화 한 토막이다. 까마귀가 치즈 한 덩어리를 입에 물고 나뭇가지에 앉아있었다. 여우가 까마귀에게 말했다. "까마귀야, 네 목소리가 그렇게 듣기 좋다며? 네 목소리를 한 번 들어보자." 그 말에 우쭐해진 까마귀는 흉악스럽게 "까악까악" 하고 울었다. 그러자 치즈는 땅바닥에 떨어졌고 여우는 냉큼 떨어진 치즈를 물고 사라져 버렸다.

아첨에 약한 건 까마귀뿐만이 아니다. 사람은 누구나 칭찬 듣기를 좋아한다. 그런 심리를 능수능란하게 이용한 사람이 바로 클레오파트라다. 그녀는 남자를 유혹하는 천 가지의 아첨 기술을 알고 있다고 한다. 천 가지는 아니더라도 한두 마디의 아첨은 마음의 매듭을 풀어놓게 만든다.

괴짜가 아니라면 권력자는 아첨을 경멸하지 않는다. 정도의 차이가 있을 뿐 어떤 권력자는 부끄러운 줄도 모르고 아첨을 폭식하기도 하고 어떤 사람은 속으로 아첨을 탐닉한다.

네로 황제는 대중 앞에서 연설할 때 아우구스탄이라는 오천명의 군인들로 구성된 특수 군단을 동원해 박수를 치게 했다. 연설이 아무리 지겨워도 그 군단이 박수를 치면 사람들도 덩달아 박수를 쳐야 했다고 하니 '자부심이 강한 사람만큼 아첨에 넘어가지 않는 사람은 없다'고 말한 스피노자의 말이 괜한 억지는 아닌 것 같다.

아첨은 '대가를 기대하는 칭찬'이다. 또한 아첨은 인간이라는 종족이 사용할 수 있는 가장 강력한 무기이며 사회가 문명화로 가는 과정에 있어 조력자다. 다시 말하면 인간관계에 있어 빈말이든 뇌물이든 사려 깊은 아첨은 앞날을 형통하게 만든다.

고대로부터 인간은 신을 찬양하고 권력자를 칭송했다. 역사가 진실이라고 보기에 어려운 점도 바로 이 때문이다.

나폴레옹은 자신의 대관식에서 200행의 시를 헌정한 다지라

는 시인에게 산림부 관리 직책과 현금을 하사금으로 전달했다. 또 '고대의 위대한 인물들을 모두 능가하고 지혜의 거울이자 신과 같은 존재'라고 자신을 칭송한 삼류시인 브루에게는 우정국 차관 자리와 레지옹도뇌르 훈장 그리고 기사작위를 주었다.

노력하는 사람에게는 칭찬이 주어진다. 남에게 칭찬을 듣기 위해 노력하는 건 아니지만 노력의 대가가 상으로 보상된다면 그것보다 더 기쁜 일은 없을 것이다. 그래서 부모는 자식에게 칭찬을 아끼지 말아야 한다. 여자들이 화장을 하고 운동선수가 연습을 하는 이 모두가 실상은 칭찬받기 위해서다. 설혹 남으로부터 듣는 칭찬은 주어지지 않더라도 최소한 자신에게는 만족감을 줄 수가 있다. 자기 만족감에 취해 남들 앞에서 자화자찬하다가 미움을 사는 경우도 있지만 자신에게 스스로 아첨하는 것이야말로 첫 번째로 해야 할 일이다.

자신을 사랑하는 건 모든 아첨 중에 최고의 아첨이다. 그것은 내부에서 불붙는 열망이다. 열망이 시작되면 가치가 생겨나고 그 가치를 위해 노력하게 된다. 또한 그 노력은 즐거움, 그 자체가 되어버린다.

궁지에 몰려 몹시 괴롭다거나 너무 의기소침해져서 도움도 청
할 수 없는 때라면 더욱 스스로에게 아첨해야 한다. 그 아첨은 아
침에 눈을 뜨게 하고 뭔가를 창조하도록 꿈틀거리게 만들 것이
다. 귀를 쫑긋 세우고 내가 나에게 이렇게 속삭여보라.

'나는 최고다.'

꿈, 끝날 줄 모르는 여행

나는 셈이 서툴다. 꼼꼼하지 못
해서 셈이 서툰 건인지 계산을 잘
못해서 꼼꼼하지 않은 건지 잘 모
르겠다. 어떤 게 우선이든 결과는
내가 도통 현실적이지 못하다는 게 요지다.

현실적이지 못한 내가 이제 와서 자책이 무슨 소용이 있을까
마는 이재에 밝지 못했던 지난날을 뒤돌아보니 얻은 것보다는 꽤
나 많은 것들을 잃은 것 같다. 어떤 것은 스스로 놓아버렸고 어떤
것들은 아예 포기했다. 그 모두가 돈과 연관이 있었으니 내가 나
를 생각해도 한심하기 짝이 없다.

소설을 쓰느라 적지 않은 세월이 흘렀다. 내게 '꿈'이라는 이
름으로 다가왔던 그것에 광신도처럼 매달렸다. 마치 황반변성에
걸린 환자처럼 그 한 가지만 빼놓고는 다른 것들은 모두 암흑이
거나 혹, 화려해도 전혀 눈길이 가지 않았다. 소설 쓰는 것 이외
에 다른 데는 관심이 없었다. 아니, 보이지 않았다고 하는 편이

더 정확한 고백이다.

신앙처럼 여겨졌던 열정이 내게는 곧 천국이었다. 가본 적도 없는. 그래서 나는 이해한다. 천국을 소개하는 종교인의 진지함을 말이다. 죽어서야 갈 수 있는 천국을 진짜로 다녀온 사람처럼 생생하게 전하는 그들의 천국이나 내가 가리키는 천국의 의미는 다르겠지만 미지의 환상에 넋이 나가기는 마찬가지다.

안타까움이 있다면 영생을 안겨준다는 그들의 천국을 내가 믿지 못하듯이 사람들도 내 꿈을 이해하지 못했다. 이해하기는커녕 비웃지나 않으면 다행이다. 무엇보다 영구적인 직업을 포기해야 하는 것이 가장 큰 희생이었다. 하지만 그 포기는 꿈을 꾸는 자에게는 오히려 훈장 같은 선택이라고 여겼다.

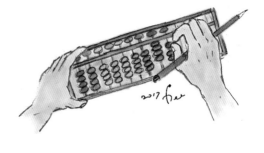

꿈을 꾸었지만 솔직히 그곳으로 도달하는 길을 나는 알지 못했다. 게다가 운명이라고 믿었던 꿈은 갈수록 내가 치렀던 희생의 곱절을 더 요구했다. 얼마만큼의 실패를 거듭해야 하는 것인지, 이제는 다짐이나 결심도 가슴을 철렁 내려앉게 만든다. 꿈이 내게 온 이유를 깨닫기 전까지는 난 허겁지겁 그것을 쥐려고 쫓아다녔다.

좌절이 다가왔다. 나는 한 번
도 꿈이 느닷없이 왜 내게로 다
가왔어야 했는지 의문을 품지
않았다. 그 이유를 알았다면 세
상에서 추구하는 인기를 부러
워하지는 않았을 것이다. 재능
과 명성이 한 몸이라는 걸 깨달은 게 첫 번째 좌절이었고 설사
재능이 있다 해도 운이 따라줘야 한다는 걸 인정했던 게 두 번
째 좌절이었다.

　세상이 공평하지 않다는 것을 받아들여야 했을 때는 쓸개즙보
다 더 쓴 쓸쓸함이 가슴 깊은 곳으로 파고들었다. 재능보다는 운
이 없는 탓이라고 몰아붙여도 위로가 될 리 만무다. 번민으로 뒤
척이던 밤이 늘어갔다.

　궤도를 이탈한 유성처럼 너무도 먼 길을 보상도 없이 걸었다.
내가 좋아서 택한 일이니 하
소연도 내 몫이다. 그래도 나
는 내게 곁을 내어주지 않는
꿈, 너의 이름을 불러본다.

성공 앞에 놓인 갈래길

가짜는 리얼하다. 어떨 때는 가짜가 진품보다 더 진짜 같다. 이 명제가 참일까 거짓일까 따지는 건 철학에서나 통할 일이다. 사람들은 모조 명품 가방에 깜빡 속고 화학첨가물로 만든 참기름에 속는다. 그렇다고 무턱대고 가짜에 속는 건 아니다. 가짜는 어디까지나 가짜다. 진짜 꿀이라고 믿고 싶지만 설탕이 섞였을지도 모른다는 의혹이 머릿속에서 떠나지 않는다. 진짜 꿀이라지만 가짜일지도 모른다는.

자연스럽지 않다고 모두 가짜일 수는 없겠지만 가짜는 어딘가 모르게 부자연스럽다. 사람이 죽는 연기 장면이 그렇고 노인역할을 하는 젊은 사람의 연기가 그렇다. 여자연기자의 애 낳는 TV 장면에 실소가 나오는 건 산통을 흉내는 낼 수 있어도 진짜

산모는 아니기 때문이다. 그래도 사람들은 부자연스러워도 연기를 하는 연기자에게는 너그럽다. 어디까지나 사실을 흉내 낸 배우의 몸짓에 지나지 않는다는 것을 미리 알기에.

요점에서 벗어난 이야기지만 라미란이라는 연기자의 몸값이 올랐다고 한다. 주연 뺨치게 인기상승이다. 그녀를 보니 예전의 한 연기자가 떠오른다. 신이라는 이름의 연기자는 개성이 있었다. 코믹했고 감칠맛이 났다. 그런데 그녀가 어느 날 양악수술을 한 얼굴로 나타난 것이다. 아쉬웠다. 얼굴이 예쁜 여자 연기자는 많았지만 그녀처럼 맛깔나는 연기자는 드물었기 때문이다.

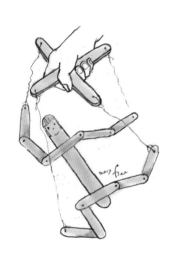

여자 주인공을 맡아보는 게 그 바닥에서 말하는 성공이겠지만 그녀가 조연 역에는 천부적인 재능을 갖고 있다는 것을 알았더라면 양악수술은 하지 않아도 됐을 텐데. 그랬다면 어쩌면 라미란보다 더 월등한 인기를 누렸을지도 모른다. 양악수술로 그녀는 진짜를 잃고 가짜를 얻었다.

학력위조, 짝퉁, 사기, 사이비, 성형, 모조, 뻥, 허위, 조작, 속임수, 표절 등등. 그러고 보니 세상은 가짜가 넘쳐난다. 동물들도 자신이 살아가기 위해 보호색이라는 걸 만든다. 군인도 위장

술을 써서 적군을 교란시킨다. 남을 속이는 건 자연에서 살아남기 위한 생존본능인지도 모르겠다.

그러나 진실이 아닌 것은 결국은 들통이 나기 마련이다. 신정아의 학력위조가 그렇고, 신경숙의 표절은 스스로 명예의 발목을 잡고 말았다. 정치인의 닳고 닳은 공약은 왜 그리 허탈한지. 영성이 전혀 없는 종교인의 이중적인 행동은 참으로 역겹다.

거짓은 무의식에 자리 잡은 욕망에서 태어난다. 다른 사람에게 인정받고 싶고, 좋은 직장을 갖고 싶고, 자식이 잘되길 바라는 욕망, 권력욕, 명예욕 등 욕망에 대한 목록은 수도 없다. 진리에 대한 욕망은 죽은 다음에 있을 사후세계까지 설계한다. 지옥을 절대 가고 싶지 않은 것이다. 잘 먹고 잘산 사람은 잘산 김에, 못 먹고 못 산 사람은 억울해서라도 천국에 대한 욕망이 간절하다.

사람들은 가짜에는 무방비다. 누군가 작정하고 속이려 들면

사기를 피할 재간이 없다. 그렇다고 세상이 그렇게 호락호락하
지 않다.

성공에 대한 욕망, 그 앞에 놓인 두 갈래 길에서 망설이는가.

세상은 양심이 승리하도록 세팅되어 있다. 결국에는.

가짜를 선택해서는 안 되는 이유다.

동물의 삶을 흉내 내는 인간들

동물의 세계를 찍은 다큐멘터리는 내가 즐겨보는 프로다. 본
능적이고 원초적인 동물들의 행동을 보면 깊은 생각에 잠기게 된
다. 아프리카 초원에서 먹을 것을 찾아 떠도는 사자의 일가족은
비정하다 못해 쓸쓸하고 가족끼리 난교를 즐기는 하이에나의 습
성은 기괴한 소리만큼이나 징그럽다.

사람도 예의가 없는 이를 가리켜 '개만도 못한 인간'이라는 표
현을 쓰긴 하지만 그렇다고 인간더러 동물이라고 명하진 않는
다. 사람과 동물을 구분 짓는 경계선은 명확하다. 동물 세계에서
의 치열한 생존은 인간세계에선 '살인'이라 칭하고 강자만이 살
아남을 수 있는 야생의 생리는 인간세상에서는 '인권'이라는 문

턱에 걸리기 때문이다.

동물이 인간이 될 리도 없지만 인간은 절대로 동물처럼 살아가지 않는다. 원숭이나 늑대 따위의 무리들도 그들 나름대로 질서가 있긴 해도 인간이 논하는 '정의'와는 거리가 멀다.

사람의 관점에서 본다면 젊은 사자에게 밀려나는 늙은 사자가 애처롭지만 동물을 사람처럼 여기는 것은 이치에 맞지 않다. 배고픈 사자가 토끼를 잡아먹는데 양심의 가책을 느낀다든지 고래뱃속으로 빨려 들어가는 물고기들이 반항을 한다면 동물의 세계는 엉망이 될 것이다. 동물들의 세계에서는 약육강식이 힘이고 그게 순리다.

그런데 인간들이 살아가는 세상은 동물세계의 순리대로 살아간다면 엉망진창이 되고 만다. 인간의 세계는 사회 규범을 따라야 한다. 그 법칙이 무용지물이 된다면 그런 어른들 밑에 똬리를 틀고 사는 어린아이들은 목덜미 물린 사슴처럼 불쌍하다.

유학파 신학 교수이자 목사가 자신의 친딸을 구타해 죽게 했다는 기사에 할 말을 잃었다. 친아버지라서 기가 차고 성직자라서 경악스럽다. 인간도 동물도 다를 바 없는 것일까.

성직자의 위선을 그린 나다
니엘 호손의『주홍글씨』가 요
즘 사건에 비하면 오히려 로맨
틱하게 느껴진다. 옥스퍼드 대
학출신의 잘생긴 목사와 정을
통해 사생아를 낳게 된 여주인
공은 가슴에 간통(adultery)의
첫 글자인 "A"라는 낙인을 새
기고 살아간다. 법은 그녀를
정죄했어도 그녀는 끝내 사생아의 친부를 밝히지 않고 자신이
낳은 딸과 조용히 살아간다. 그때만 해도 성직자의 성적 타락은
사회적으로 아주 큰 이슈여서 그 소설로 나다니엘 호손은 미국
을 대표하는 작가로 부상하게 된다.

신과 인간 사이에서 중개자 역할을 하는 성직자에게 금욕적인
삶을 요구하는 것 자체가 모순일지도 모른다. 이해심을 베풀어
서가 아니라 성직자의 성적 문란은 이제 진부한 소재가 될 만큼
흔한 일이 되어버렸기 때문이다. 그래도 고전시대에서는 가족
은 지키고 보호해야 할 인간관계로 묘사됐었다. 가족관계가 무
너지는 지금은 어디에 희망을 걸어야 할지. 이제는 종교의 타락
을 넘어서 인간이 되기를 스스로 포기하고 말았다. 인간이 짐승
이 되는 접경지점에 서있는 것처럼 부끄럽다. 영성의 타락은 괴

물로 변하는 지름길이다. 우리
는 인간이 짐승이 되는 접경지
점에 서있다.

마켓에서 일한다는 것

작가와 백수는 한통속이라는 말로 위로를 삼고 살았던 내가 동네 부근의 한인 마켓에서 일하게 됐다. 글을 쓰는 지난 10여 년 동안 쓸 만큼 돈이 모이면 방안에 틀어박혀 글을 쓰다가 돈이 떨어지면 닥치는 대로 일을 찾는 내게 또다시 행운이 찾아온 것이다. 온 세상의 직업에 대해 경의를 갖고 있는 나로서는 마켓만큼 사람을 많이 볼 수 있는 장소도 없다고 판단했다. 게다가 인지도 없는 무명작가인 나를 알아볼 리도 없을 테니 창피해할 필요가 없다고 여겼다.

이상주의자는 지극히 현실적이어야 한다는 게 내 생각이다. 운 좋게도 후원자가 있다면 다행이지만 후원자가 없다면 스스로 생계를 꾸리며 이상을 꿈꿔야 한다. 그러다 보면 하늘이 감동하는 순간이 반드시 온다고 믿었다.

할리우드 부근의 한 유명 레스토랑은 종업원들의 인물이 배우처럼 잘났다. 그 식당에 가면 그들의 잘 빠진 모습을 힐끔거리는 것도 한 재미다. 거의가 모델이나 영화배우 지망생이라고 한다. 그들의 인생에 언제 볕이 들지 모르겠지만 별을 꿈꾸는 처지는 나와 같다.

마켓에서 손님을 만나는 일은 나름 즐거웠다. 나는 속으로 은근히 내가 세일이 적성에 맞을지도 모른다고 여길 정도였다. 하지만 처음 일을 시작할 때 고민이 없었던 것은 아니다. 그 고민이란 게 다름 아닌 잔돈계산이

다. 10전짜리로 계산한다든지, 25전을 채워달라고 한다든지 하면 식은땀이 난다. 5전과 10전의 모양이 비슷해 헷갈리기 때문이다. 자투리 동전을 25전으로 바꿔 달라는 손님이 원망스러웠다. 전날 마감잔액이 다소 틀렸다

는 매니저의 말을 듣는 날이면 그날 하루 종일 내 머릿속은 불도 저로 민 것처럼 멍했다. 거스름돈을 줄 때 몇 번씩 확인하고 내줬는데 도대체 누구의 손으로 엉뚱하게 흘러갔단 말인가.

내가 소설가라는 게 들통이 나던 날, 공교롭게도 나는 또 다른 일터로 옮기게 되었다. 그런데 일을 그만두는 건 쉽지 않았다. 고의는 아니었지만 트레이닝이 끝난 직후여서 욕을 먹는 일을 감수해야 했다. 앞으로 몇 차례 더 다양한 직업을 전전해야 하는 나로서는 받아들여야 할 곤혹스러운 부분이기도 하다.

마켓에서 일하는 동안 몇몇 문인들을 만나야 했고, 예전에 알던 사람들과 마주쳐야 했다. 어떤 이는 멀찍이 나를 바라보고는 모른 척 사라졌다. 내가 소설가라는 것을 아는 어떤 분은 측은한 표정을 지었다. 예상했던 반응이라 덤덤했다. 소설가가 소설로 돈을 벌지 못하는 것은 슬픈 현실이다. 하지만 내가 마켓에서 일하는 모습이 측은해 보인다면 그건 잘못된 의식이다. 정작 부끄러워해야 할 일은 노동을 포기한 병든 의식이다. 서울역 노숙자들 중에

73

는 중소기업 사장이나 중견 간부 출신들이 적지 않다는 통계는 시사하는 바가 크다.

한 달 만에 끝난 일자리인데도 같이 일하는 사람들과 정이 들었다. 어눌한 한국말로 자신의 고민을 털어놓던 다니엘에게는 곧 여자 친구가 생길 것이며, 우수에 찬 눈매로 내년에 비행기 정비학교에 갈 거라던 저스틴도 자신의 바람대로 잠시 머물다 떠날 것이다.

뜨내기처럼 사람들이 오가는 마켓은 도를 닦는 도량이 따로 없었다. 그곳에서 나는 밥물이 끓어오르는 냄새를 닮은 소박한 꿈의 냄새도 맡아 보았다. 나이가 60세라는 것이 믿어지지 않는 황 언니의 쿨한 웃음이 내내 그리울 것이다.

꿈꾸는 자의 욕망

한때 나는 기도에 집착했다. 기도
가 영적인 호흡이라는 누군가의 정
의는 내게는 지니를 불러내는 알라
딘의 램프였다. 성공이라는 강박관
념에 시달리고 있는 자의 기도는 지극히 속물적이었어도 그 시
절의 나의 기도는 그게 전부였다. 뭘 달라거나, 원하는 것을 이
루게 해달라는.

뿐만 아니라 '믿음은 바라는 것의 실상'이라는 성경구절은 아
주 매력적이어서 내 대신 가난을 짊어졌다는 예수의 넉넉한 고백
은 큰 위안까지 안겨주었다. 나는 부하게도, 가난하게도 말게 해
달라는 아굴의 기도를 인용하며 욕망의 싹을 키웠다.

어느 잡지에서 본 멋진 거실 모습을 상상하며 집을 달라고 기
도했고, 돈뭉치로 두둑한 지갑을 꿈꾸며 좋은 직장을 얻게 해달
라고 기도했다. 원색적인 요구는 표현의 방법만 달랐을 뿐 나

이를 먹어간다고 줄어들지 않았다.

　게다가 한 해를 보내고 새해를 맞이하는 송구영신 예배는 나의 욕망이 신앙적으로 포장되는 시간이기도 했다. 헌금봉투는 얇았어도 기도제목은 빼곡하게 봉투 겉면에 채워넣었다. 내게 기도는 물질문명에 오염된 속된 바람이었으며 환락을 꿈꾸는 몽상가의 최면에 지나지 않았다. 가롯 유다를 만나기 전까지는.

　가롯 유다, 불가사의한 인물이다. 예수를 죽음으로 몰고 간 캐릭터는 의문투성이다. 가롯 유다를 제자로 거둔 예수의 선택은 더 수수께끼였다. 제 발로 제사장과 군인을 찾아가 예수를 체포할 방책을 의논했던 가롯 유다가 아닌가. 오히려 예수는 꾸짖지도 않고 '네가 하려는 일을 속히 하라'며 떡 조각까지 건네는 광경은 의혹을 떨쳐버릴 수가 없었다.

　두 사람의 관계가 피할 수 없는 운명이었나?

　'차라리 태어나지 않았더

라면 좋았다'라는 예수의 탄식은 암호처럼 혼란스러웠다. 헤롯왕을 피해 마구간에서 태어나야 했던 예수의 삶만큼이나 가롯 유다의 인생도 이미 비극을 품고 출생했다는 의미로 해석됐기 때문이다. 너무도 묘한 두 사람의 관계다. 과연 가롯 유다는 나쁜인간이었을까. 그의 욕망을 이해한다면 그를 몰아세울 수는 없을 것이다.

자신에게 암시를 걸면서 꿈을 꾸면 우주가 답을 해준다는 근거 없는 이야기는 2천 년 전 예수를 팔았던 가롯 유다의 야망과 맞닿아있었다. 예수를 팔고 자살로 끝이 났던 그 위험스런 야망 말이다.

성공에 관한 자기계발서가 뫼비우스의 띠처럼 서점에 쏟아졌다. 아침형 인간에서부터 힐러리를 닮아가는 처세술까지 심지어는 초등학생에게까지 인생의 목표를 세우라고 부추기는 세상이다. 행복이 키워드가 되어버린 세상에 뭐가 행복이고 불행인지 뒤죽박죽이 되어버렸다.

이제 나는 기도하지 않는다. 바라는 게 없으니 실망할 일도 없다. 비록 내가 성공이라는 화려한 꼭대기에 서있지 못한다 해도 타고난 그릇이려니 여긴다.

올해도 얼마 남지 않았다. 앞으로도 소원 따위를 비는 기도는 하지 않을 작정이다. 세상을 이롭게 하려는 노력이 기도보다 먼저인 것 같아서다.

추운 겨울날의 삽화

내게 있어 겨울은 서러운 계절이었다. 그래서였을까. 우리 집 창문에서 보이는 교회 십자가 지붕 아래로 줄을 이어 매달린 전등은 유난히 화려해 보였다. 북한산 계곡에서 불어오는 겨울바람이 교회 지붕으로 치닫던 그해 겨울도. 그 이듬해 겨울도.

누군가 말해주지 않아도 겨울은 언제나 춥고 외로웠다. 겨울을 어떻게 나야 할지 모르겠다는 엄마의 한숨 소리는 나를 집 밖으로 내몰았다. 철없던 나는 엄마의 한숨 소리가 듣기 싫었다. 겨울이 싫다는 엄마의 넋두리에 반항하듯 나는 뒷골목 전등 불빛 아래서 친구들과 히히덕거리며 예수 생일 전날에 있을 올나잇 파티에 들떠있었으니.

성탄절과는 아무 상관 없는 사람들이 탕자가 되어 흥청거리던 이십 대의 어느 겨울밤, 나는 가난을 감추고 카페에 앉아 장식용으로 켜진 촛불과 와인을 즐겼다. 하지만 나는 바람 부는 밖으로 뛰쳐나가고만 싶었다. 겨울은 추워서 싫다던 엄마의 넋두리가 들리지 않는데도.

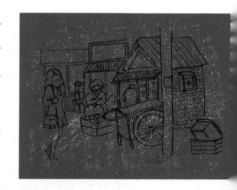

길거리의 나무는 얼어 죽은 사람처럼 서있었고 가만히 있어도 슬퍼지는 날이었다. 그래도 나는 그해 겨울 내내 객기를 부리듯 짧은 스커트만 입고 다녔다. 몸이 떨려오는 것을 참으며 겨울에게 퍼렇게 얼어붙은 내 몸뚱이를 당당하게 보여주고 싶었다. 하지만 나는 깊숙이 숨겨둔 멍든 심장을 들키고 말았다.

기억하고 싶지 않은 해도 있었다. 여름 내내 덜덜 떨려서 나는 그게 겨울인 줄 착각했었다. 아마 긴 터널을 지나고 있을 때였을 것이다. 끝도 보이지 않는 시간을 걸으며 나는 여름을 잃어버리고 겨울을 놓쳤다. 안간힘을 다해 붙들었던 것이 겨울이었다는 것을 깨달았던 것은 겨우 터널을 빠져나온 다음이었다.

지금 나는 겨울의 흉내만 내는 캘리포니아에 살고 있다. "그곳은 한국처럼 춥지 않아서 좋겠다"는 엄마의 전화 목소리가

그 시절로 나를 데려간다. 하얀 눈이 어울리지 않는 도시는 겨울을 그리워하게 한다.

LA의 겨울은 가난해서 서러운 게 아니라 구원을 잃어서 슬픈 계절인지도 모른다. 춥지는 않지만 이민자인 내 영혼은 아직도 수도승의 긴 외투 자락처럼 밑바닥을 끌며 이곳저곳을 떠돌아다니고 있다. 아벨을 죽인 가인은 죽지도 않는지 아직도 내 속에서 꿈틀거리고 물 길러 우물가에 나온 수가성 여인처럼 나는 갈증으로 목이 마르다.

겨울이라고 하기엔 봄날처럼 따스한 날에 나는 가끔씩 최면에 빠지듯 서툰 젊은 날을 떠올려본다. 수도꼭지를 파열시키는 어느 해의 추운 겨울과 뼛속까지 떨리고 눈가에 그렁그렁 맺힌 눈물을 뚝뚝 흘리고 만 분열의 시간들을.

하지만 차라리 그 시절의 절망이 더 나았다. 기력이 쇠잔해지는 나이가 되면 지레 겁먹고 포기만 되풀이할 뿐. 포기만 남

은 인생은 아무 의미가 없는 데⋯. 시집을 한 권 빼 들었다. 내가 이 세상에 없는 계절이 되기 전에 차가운 의식속으로 들어가야겠다.

있는 그대로, 생겨먹은 그대로

남자가 붙잡혔다. 마흔다섯 살인 그 남자는 책 도둑이다. 그가 대구의 한 마트에 있는 서점에서 1년간 훔친 책은 총 162권. 고전문학에서 사회철학까지 장르를 넘나드는 그의 독서 벽은 절도범치고는 지적이고 고상하다.

마르케스의 『100년 동안의 고독』을 좋아하고 카잔차스키의 전집을 섭렵했다던 그가 감명 깊게 읽은 책은 조세희의 『난장이가 쏘아올린 작은 공』이었다. 하지만 그가 거들떠보지 않는 책도 있었는데 그것은 『30대에 평생 일자리에 목숨을 걸어라』『성공하는 사람들의 좋은 습관』따위의 자기계발서다. 그런 책은 트럭으로 갖다 줘도 안 읽는다는 그의 웃음. 참으로 특이한 남자다.

모 방송 프로까지 소개가 됐던 그에게 책은 무엇이었을까. 실직하고 10년 동안 책만 읽었다는 그에게 독서는 실직이라는 현실을 잊고 싶었던 도피처였을지도. 그는 지난날에 누렸던 영광에 갇히고 말았다.

책 도둑은 서점을 찾아가 주인에게 용서를 구했다. 서점 주인은 자신의 행위를 뉘우치는 그에게 책을 선물했다. 그가 제일 좋아한다던 난장이가 쏘아올린 작은 공.

그날 밤 남자는 생활정보지를 보며 취업을 위해 이력서를 썼다. 10년 만이다.

여자는 부지런했다. 전문적으로 꽃꽂이와 요리를 배워서 화사한 집안 연출은 물론 주부 능력의 끝판이라 할 수 있는 요리 실력도 수준급이었다. 집안에 들여놓은 피아노 치는 모습을 본 적은 없지만 벽에 걸린 그녀가 그린 풍경화는 그럴듯해 보였다. 여자 운전자가 별로 없던 시절에도 운전면허를 소지했을 정도로 그녀는 언제나 남들보다 한 걸음 앞섰다. 다들 부러워하는 그녀에게 단지 흠이라면 대학졸업장이 없다는 것.

근사한 상차림으로 지인들에게 요리 솜씨를 뽐내고 전시회를 한다고 초대장을 돌려도 가슴 한켠에 자리 잡은 학벌에 대한 열등의식은 해소되지 않았다. 시험을 쳐서 대학교를 다니지 않는 이상 학사증서를 취득할 방법은 없었다. 그렇다고 늦은 나이에

대입준비를 할 수도 없으니 그녀는 더욱더 취미생활에 집착했고 대학졸업장 대신 지적 허영이 그 욕구를 차지했다.

남들처럼, 아니 남보다 더 잘나 보이고 싶은 과시욕으로 심신이 지치는 요즈음이다. 젊은이들은 젊은 대로, 나이든 사람들은 나이든 대로. 남들 다 떠나는 해외여행으로 자극받고 맛집 소개는 넉넉지 못한 경제력을 견딜 수 없게 만든다. 시각적으로 화려해 보이는 세상에서 비교의식을 내려놓는 것은 말처럼 쉽지 않다. 현실이 만족스럽지 못하다면 상대적 박탈감은 더 클 수밖에.

너무 풍부해서 불행한 세상이라니. 가난했던 시절에는 아끼고 모으기만 해도 행복했다. 하지만 지금은 돈이 없어서 불행한 게 아니다. 다들 잘나 보이는데 자신만 어딘가 초라하고 부족해 보여 내심 괴롭다. 행복해지기 위해 주름살도 펴고 여기저기 기웃거려보지만 뭔가를 찾아 헤매는 물음 또한 다른 모양의 결핍이 시작될 뿐이다.

누군가의 행복을 훔치려고 하지 말고 어긋난 그대로의 나를
인정하는 것, 그것만이 유일한 탈출구다.

후미진 샛길에서 바람을 맞는다

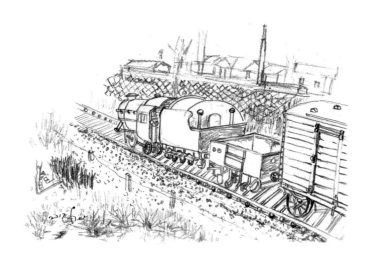

나는 주로 샛길을 이용한다. 110번 고속도로와 나란히 이어진 브로드웨이 뒷길도 내가 즐겨 다니는 샛길이고, 실버레이크에서 글렌데일로 넘어가는 샛길도 내가 좋아하는 좁은 길이다.

특히 내가 좋아하는 샛길은 25가와 버논 시를 가로지르는 좁다란 도로다. 그 길은 화물차가 다니는 철길 옆으로 나 있다. 녹슨 철조망 너머 철길에는 고장 난 듯 보이는 화물칸 한 대가 멈춰있고 그 맞은편에는 볼품없는 공장들이 줄지어있다. 간혹 커다란 트럭이 앞을 가로막을 때는 추월도 못 하고 그 트럭 꽁무니를 따라가야 하기에 답답할 때도 있다. 하지만 대체로 재수가 좋아서 한적한 그 길에 들어서면 나 혼자 달릴 때가 더 많다.

한적해서 황량함마저 느끼게 하는 도로에 들어서면 난 이상하게 마음이 차분해지고 깊은 상념에 빠지게 된다. 화려하지 않아서 조급함이 사라지는 것일까. 움직이지 않은 화물칸에 연민이 느껴지고 얼기설기 놓인 녹슨 철기구들이 내 심장을 사로잡는다.

큰길을 놔두고 좁다란 샛길을 더 좋아하는 것도 심리적인 이유가 있겠지만 미국에 살다 보니 나도 모르게 긴장감이 쌓여가는지 이렇게 외진 곳에 들어서면 마음이 편안해진다.

번화한 도시 뒤편에 자리 잡은 이 샛길에만 들어서면 문득, 한 가지 생각을 떠올린다. 성공이라는 단어. 아마도 그 길은 넓고 화려할 테지.

인생에 있어서 샛길은 다르다. 게다가 성공과 거리가 먼 샛길이라면 어리석은 선택이 되어버린다. 엉겁결에 나는 문학이라는 샛길에 들어서고 말았다. 운명적이라고 할 수는 없겠지만 분명한 것은 그 선택은 내가 했다. 그런 나를 보고 어쩌면 돈 버는 일은 그렇게 잘도 피해 가냐며 주변 사람들은 혀를 찬다. 세상 돌아가는 잣대로 본다면 그들의 눈에는 내 인생 자체가 꼬인 것으

로 보일 것이다. 한국도 아닌 미국에서 한국말로 글을 쓰는 나는
명예는 둘째 치고라도 소설만 써서는 전혀 생활을 할 수 없으니
입이 열 개라도 할 말은 없다.

남들은 빠르고, 넓은 길로 질주할 동안 나는 좁고 울퉁불퉁한
길을 달리고 있다. 속도를 내봤자 앞서 달리는 차가 비켜주지 않
으면 그 뒤를 따라가야 한다. 그래도 내가 샛길을 즐기는 것 몇
가지 이유가 있어서다.

샛길도 달리다 보면 속도를 낼 순 없어도 속도를 늦춘 만큼
주변을 즐길 수가 있다. 앞만 보고 달리면 볼 수 없는 것들이 눈
에 들어온다. 흐드러지게 자란 잡초더미에서 질긴 생명력을 배
우고 버려진 폐품에서는 내 가치를 돌아보게 만든다. 버려진 땅
어디에도 어김없이 자신의 생명력을 자랑하는 잡초들. 사람들
의 손때가 묻지 않은 풀들이 제멋대로 자란 공터를 내가 좋아하
는 이유다.

토끼풀을 뜯어 손 가락지를 만들던 어린 시절이 떠올리게 하
는 샛길은 내게 위로다. 샛길에도 끝은 있어서 곧 큰길로 이어질
거라는 걸 안다. 시간이 멈춰버린 것 같은 후미진 샛길을 지나면
서 나는 다짐한다.

'잠시 속도를 늦춰. 멈춰 서지 않으면 세상이 안 보이거든. 앞
만 보고 달려가면 알 수 없다고. 사랑할 것들이 무엇인지. 진정
으로 원하는 것이 무엇인지….'

재난 위에 둑을 쌓는 사람들

사람? 너무도 흔하고 익숙한 단어여서, 문득 궁금했었다. 국어사전을 들췄다. 생각하고 언어를 사용하며 도구를 만들어 쓰고 사회생활을 하는 고등동물이란다. 한국말을 하고 집안일을 하며 컴퓨터를 다루며 돈벌이를 하는 걸 보면 나는 사전이 정의한 '사람'이 맞는 것 같긴 하다. 내가 지렁이가 아니고 사람이라니. 굉장한 일이다. 뚱딴지같지만 내가 사람이란 사실이 새삼스럽다. 나는 사람이다.

그것만으로는 뭔가 충분치 않다. 다시 책을 뒤적였다. 화학자나 재료 공학자에 의하면 인체를 구성하는 원소는 대략 47종이며 생명 현상을 유지하는 필수 원소는 25종이라고 한다. 필수 원소에는 수소가 있겠고 산소나 탄소 따위를 말하는 것이리라. 그래서 사람이 죽으면 흙이 되는 건가 보다. 화단의 흙을 만져보았다. 부슬부슬한 흙가루가 손가락 사이로 빠져나갔다. 잘난 척할 게 아니다. 나는 흙이다.

그래도 어딘가 사람이란 정의가 만족스럽지 못하다. 종교에서 인간이 완전해지기 위해서 신의 존재를 인정해야 한다고 강력하게 주장하는 것도 일리가 있다. 47종의 원소로 구성된 내가 로스앤젤레스 거리를 활보할 때 원소들이 움직이고 있다고 생각하면 공감은 하면서도 왠지 어색하게 느껴진다. 백인할머니의 미소에 나도 손을 흔들어 미소로 답을 한다. 그 부분도 딱히 마음에 안 든다. 개도 길거리를 어슬렁거리다가 사람을 보면 꼬리를 흔들지 않는가.

낯선 남자를 물끄러미 바라봤다. 냄새도 색깔도 없는 수소를 보듯 무미건조하게 말이다. 멀찍이서 간을 보다가 한 줌의 말투와 두 숟가락의 겉모습을 섞어 좋아할 사람인가, 그리고 내 편이 될 것인지 결정해야 한다. 마음에 들지

않으면 서로에겐 대수롭지 않은 존재로 비껴갈 테지. 선입견의 마스크를 쓰고서 다음에 인연을 맺을지 판단할 테니까. 수평적으로 연결된 사람 관계는 오해가 생기기도 쉽다.

나는 엄마의 머리숱을 닮았다. 얇고 힘없는 엄마의 머리카락은 또 외할머니의 머리숱과 판박이다. 아버지의 성격을 닮은 나는 어느 할아버지의 후손일까. 혈연으로 맺은 관계는 수직으로 연결된다. 사회는 사람을 관계로 얽어매고 기업은 상품을 팔기

위해 관계를 부추긴다. 관계가 어긋나면 미움이 생기고 관계가 좋으면 살가죽을 맞대고 싶어진다. 사랑과 미움은 관계가 뿜어내는 에너지의 다른 이름이다.

　타인으로 이루어진 수평의 끝은 어디일까. 평균 키가 2미터가 되지 않는 사람들의 끝에는 나와 같은 존재가 서있을 것이다. 어쩌면 지구 한 바퀴를 돌아 바로 옆 사람이 수평의 마지막 지점일 수도 있다. 내게 없어서는 안 되는 소중한 존재라면 다행이지만 마음의 불편함을 주는 사람이라면 지옥이 따로 없을 것이다.

　행과 불행은 마음의 작용이 아니라 수평적 관계에 대한 심리적 반응이다. 그래서 사람은 복잡하다. 불가사의한 존재, 미스터리 그 자체다. 아마도 두 개의 세계를 동시에 포함하고 있기 때문일 것이다. 선한 것 같으면서도 악한 것 같고 나약한 것 같으면서도 때론 놀랍게도 초인적이다.

　가끔 수직의 끝을 바라보긴 한다. 영혼이라는 피난처, 영혼은 수평적인 관계에 시달린 사람에게 존재의 본질을 확인시킨다. 자연재해가 몰아닥치면 사람처럼 처량한 존재도 없다. 하지만 태풍이 휩쓸고 간 자리에 사람은 다시 나무를 심고 뚝딱뚝딱 집을 짓는다. 고립되어 물만 먹고도 버틸 수 있고 희망을 버리지 않으면 어떤 악조건도 이겨내는 게 사람이다. 창조주조차 예측할 수 없는 삶의 주인공, 바
로 나다.

꿈을 꾸며 걷는 거리

초·중·고 시절 나는 줄
곧 걸어서 등하교를 했다. 초
등학교는 동네여서 버스를 탈 필요가 없었고 역촌동에 있었던 중
학교는 거리는 가까운데 버스를 타려면 두 번을 갈아타야 했다.
오히려 지름길로 학교에 가는 게 더 빨랐다. 고등학교도 불광동
과 붙은 대조동이어서 버스를 탈 필요가 없었다.

특히 버스를 타기엔 불편했고 걷기에도 무리가 있었던 중학
교 3년은 내게 특별한 시간이었다. 몇몇 아이들은 손에 단어장
을 들고 영어 단어를 외우며 걷기도 했지만 나는 그 시간 내내
공상에 빠져들었다. 내가 사는 독박골과 달리 이층집이 많았던
깔끔한 주택가는 우리 동네처럼 북적거리지 않았고 시끄러움과

는 거리가 멀었다. 정적이
흐르는 골목길에 들어서면
나는 저절로 몽유병 환자가
되어 허적허적 걸었다. 이
따금 피아노 소리가 아련하
게 들려왔다. 이런 집에 살
고 있는 사람들은 어떤 사
람들일까? 그 의문은 호기
심이 아니라 부러움이었다.

집에서 학교까지 40분도 족히 걸리는 그 골목길을 가로지르
는 동안 나는 어느 집 딸이 되어 피아노를 뚱땅거리기도 했고 라
일락꽃이 포도송이처럼 늘어진 정원에 앉아 그림을 그리는 상상
속에 빠져들기도 했다. 간혹 방해꾼을 만나기도 한다. 같은 반 친
구나 동네 친구가 같이 가자고 내 이름을 부르면 달갑지 않았다.

중학생이었던 그 시절 나는 현실과 공상을 분간하지 못했을
뿐더러 그 괴리감을 감당하지 못해 남몰래 가슴앓이를 해야 했
다. 몽상가에게 현실은 고통이었다. 게다가 비루한 현실은 치유
할 수 없는 열병마저 안겨주었다. 현실이 아닌 곳에서의 삶은 마
냥 행복하지만 공상을 빠져나오는 순간 밀려드는 좌절감은 경험
한 사람만이 알 수 있으리라. 그래서 나는 아예 소설가가 되었
는지도 모른다.

종이 한 장에 그려지는 무한의 세계. 꿈과 현실을 분간 못하는 그 속에서 나는 꿈을 꾸었다가 허물고 또 다시 허무맹랑한 세계를 지었다. 꿈속에서는 무엇이든지 가능했고 어떤 것이든 만들어냈다. 한계도 제한도 없고 구속도 없었다. 어차피 꿈인걸.

꿈속에서 나는 언제나 길을 떠난다. 덜컥거리는 기차를 타고 한 번도 가보지 못했던 낯선 도시에 내리고 처음 보는 사람에게 길을 묻는다. 꿈속에서 나는 겁도 없고 대담해진다. 마음이 따뜻하다고 느껴지면 쉽게 마음을 푸는 용기는 꿈이기에 가능하다.

이따금 나는 꿈을 꾸지 않은 어른들을 만난다. 그들의 빠른 걸음걸이는 빡빡하고 틈이 보이지 않았다. 그들은 내일이 불안하기 때문에 오늘을 움켜쥐지 않으면 안 된다고 했다. 그들은 나

처럼 꿈을 꾸기 위해 무작정 걷지도 않을뿐더러 멍 때리면 시간을 허투루 쓰는 거라고 질색했다. 그들은 모하비 사막에 대해 알지 못했다. 그러니 내가 꿈속에서 보았던 모래바람에 대해 이야기를 들려줄 수가 없다. 고향을 찾아온 여행객의 그리움에 인색한 그들의 무표정한 얼굴에 나는 도망치듯 다시 꿈속으로 빠져든다.

말똥구리와 눈물 한 방울

숲속에 나타난 말똥구리 이야기를 하려고 한다. 장수벌레처럼 껍질이 반질반질한 말똥구리 녀석은 앞발을 땅에 짚고 뒷발로 열심히 경단처럼 빚어진 똥을 굴리며 숲속을 달려가고 있었다.

녀석이 굴리는 똥 경단은 자기 몸보다 3배는 더 커 보였다. 너무 커서 앞도 보이지 않는데 무조건 굴렸다. 똥을 가져다가 알을 낳으려고 하는 건지 아니면 땅속에 파묻어놓고 야금야금 먹어치우려고 하는 건지. 녀석은 쉬지 않고 바쁘게 뒷발을 놀린다. 어찌나 열심히 경단을 굴리는지 녀석의 행동에서 눈을 뗄 수가 없다. 그런데 아뿔싸.

무작정 뒷발질로 굴러가던 경단이 그만 길가에 삐져나온 나뭇가지에 박혀버린 것이다. 그것도 모르고 녀석은 계속해서 경단을 발로 밀었다. 그래도 경단이 꿈쩍도 하지 않자 녀석도 그제야 뭔 일이 났음을 감지하는 것 같았다. '어! 왜 안 움직이지?' 꼼짝달싹하지 않는 경단에서 발을 떼더니 경단 주위를 몇 번 뱅글뱅글 돈다. 안절부절 하는 기색이 역력하다. 나도 녀석이 어떻게 할까 무척 궁금해진다. 나 같으면 그냥 포기하고 말 텐데.

쩔쩔매던 녀석이 갑자기 앞발로 흙을 헤치며 경단 주위를 돌았다. 원형으로 흙을 파헤치자 땅과 경단 사이에 틈이 생겨났다. 틈이 생겼으니 헐거워졌을 수밖에. 이번엔 녀석이 앞발로 경단을 밀어내기 시작했다.

영차! 영차! 조금 더 힘을 내! 사람이라면 그렇게 응원을 해주련만.

그러기를 수차례. 드디어 나뭇가지에서 경단이 쏙 빠졌다. 만세!

말똥구리는 다시 앞발로 땅을 짚고 뒷발로 자기보다 3배나 더 큰 경단을 굴리며 숲속 저편으로 유유하게 사라졌다. 숲속 어딘가에 있을 자기 둥지로 향해.

인터넷에 올려진 동영상을 보고 이렇게 감동하며 감탄해 보긴 처음이다.

쇠똥구리라고 불리기도 하는 말똥구리는 고대 이집트 신화에도 등

장하는데 고대 이집트 사람들은 말똥구리를 보며 태양신 '라'
가 태양을 움직이는 모습을 상상했다고 한다. 태양신 케프리의
머리를 말똥구리 형상으로 표현한 걸 보면 고대 이집트인들도 나
처럼 말똥구리의 성실함에 감동했던 것 같다.

인간이 만물의 영장이라곤 하지만 아주 하찮은 미물들이 인간
보다 더 감동적일 때가 있다. 말똥구리가 온몸으로 똥을 굴려 가
며 거친 흙길을 하루 종일 걸었을 테니 나뭇가지에 박혔다고 포
기할 수 없었을 것이다.

어떻게 해서든지 경단을 끌고 집으로 향하려는 말똥구리의
집념에 온몸으로 버텼던 지난날이 새삼스레 떠올랐다. 포기하
고 싶었던 결심들, 아무도 알아주지 않았던 고독까지. 난 부활
을 꿈꾸고 있었다.

커다란 숲속에서 살아가는 말똥구리. 남들 보기에 쓸모없는

동물 배설물이나 먹고 세상을 버티고 살아가는 작은 곤충. 보잘 것없는 꿈을 굴리고 또 굴렸던 내 모습과 비슷해서 그만 눈물을 한 방울 쏙 흘리고 말았다.

별빛 아래 서성이던 그해 겨울

캘리포니아에서 흔하지 않은 돌풍이 불던 다음 날, 햇살이 블라인드 사이로 깊숙이 파고들었다. 설마하니 벌써 겨울이 왔다 간 건 아니겠지?

겨울이라고도 할 수 없는 계절 위에 사는 나는 찬 바람이 불기라도 하면 마음은 벌써부터 바람을 따라 어지러이 휘둘린다. 그리움이 얼음처럼 천천히 가슴 안으로 녹아내리고 왈칵 눈물이라도 쏟아질 것 같은 쓸쓸함이 느껴지면 나는 제니스 이언의 'Stars'를 몇 번씩 듣고 또 듣는다.

그녀의 노래는 겨울을 닮았다. 'At seventeen'이란 곡으로 더 많이 알려져 있지만 나는 그녀의 노래 가운데 이 노래를 더 좋아한다. 읊조리는 그녀의 목소리와 통기타의 선율을 듣고 있자면 기억조차 가물가물한 어느 겨울의 시간 앞에 어른거리는 나를 보곤 한다.

외할머니집의 연탄아궁이에 걸어놓은 양은솥에는 언제나 물이 설설 끓고 있었다. 점심때가 되면 외할머니와 나는 부뚜막에 앉아 꽁꽁 언 밥에 뜨거운 물을 부어 먹곤 했다. 김장독에서 갓 꺼낸 김치 한 포기를 썰지도 않고 손으로 쭉쭉 찢어 밥숟가락 위에 얹어주던 외할머니의 굵은 손마디는 저편으로 사라진 그리움이 되어버렸다.

시곗바늘이 오후 3시를 가리킬 때쯤 외할머니는 부엌으로 가서 광속에 파묻어둔 고구마를 꺼내 쪄주시곤 했었다. 뜨거운 고구마를 젓가락에 꽂아 껍질을 벗기면 들창으로 깊숙이 들어온 햇살에 고구마는 노랗고 말간 속

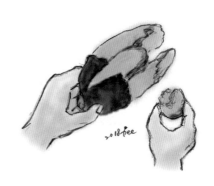

을 드러냈다. 밖에서 노느라 찬바람에 시달린 언 가슴은 한 입 베어 문 고구마조각에 금방 풀어져서 꾸벅꾸벅 졸기 일쑤였다. 김이 오르는 솥뚜껑 위에 곱은 손을 녹일 수 있었던 겨울은 두렵지 않았다. 그 시절의 겨울은 따뜻한 아랫목처럼 나른했고 평화로웠기에.

하지만 나이가 들어갈수록 나도 겨울을 닮아갔다. 우묵한 겨울바람에 가난한 이들은 어깨를 펼 줄 몰랐고 어른들의 한숨 소

리는 내 가슴에도 머물렀다.
공연히 나는 학교가 끝난 후
에 친구 집을 배회하곤 했는
데 늦은 밤 집으로 돌아오던 골목길은 왜 그리 길고 처량했던지.
전등불이 비추는 회색 시멘트 담벼락 밑에서 한참 동안 내 방의
창문을 바라보았다. 근심으로 주름진 엄마의 얼굴을 마주하기가
싫어 집 밖에서 서성거렸던 나는 밤하늘을 올려다보았다. 까만
하늘 가득 반짝거리는 별들을 현실 위에 군림하는 이상처럼 여
겨졌었다. 그 별들 아래 서있는 내 모습은 어찌나 볼품없던지, 그
시절의 겨울은 어두웠고 무거웠다.

가끔씩 야외 미술전시회가 열리던 경기도에 있는 대성리를 찾
았다. 모두가 죽어버린 계절, 야외에 전시된 설치물 위에 쏟아지
는 겨울 햇살은 눈이 부셨다. 바람에 흩날리는 눈발에 마음이 놓
이고 입안 가득 들어오는 찬 공기는 근심으로 찌든 나를 쓰다듬
었다. 하지만 고등학교 졸업을 하던 그해 겨울 내내 별들이 지는
소리를 들어야 했다.

이젠 나도 어른처럼 깊은 한숨을 내쉰다. 세상은 결코 마음먹은 대로 움직여지지 않는다는 것을 깨닫게 된 이후로 생긴 버릇이다. 그래서 그런가, 찬 바람이 불면 꿈을 찾아 들판을 쏘다녔던 젊은 시절의 방황과 절망이 공연히 그리워진다.

울 엄마의 기도

엄마는 늙어갔다. 외할머니
처럼. 얇은 머리카락이 부수수
일어난 엄마의 뒷모습은 영락
없는 외할머니였다. 다른 점이
있다면 콧잔등에 분칠을 하지
않으면 시장에도 안 가셨던 사
치스런 외할머니와 달리 엄마는 치장과는 거리가 멀었다.

맨손으로 시멘트를 이겨 갈라진 벽 틈을 메우기를 마다하지
않던 엄마는 외가댁에 가서도 언제나 부엌에만 있었다. 방안에
모여 앉아 손가락에 낀 반지를 빼 보이며 남편 자랑, 자식 자랑하
느라 여념이 없는 이모들. 그 뒷전에서 뻘쭘하게 웃기만 하던 울
엄마의 가슴에 어떤 절망이 있는지 알 턱이 없는 나는 손 하나 까
딱하지 않는 버릇없는 자식에 불과했다.

교회 가는 것을 반대했던 아버지 때문에 엄마는 집에서 신던

슬리퍼를 신고 추레한 옷차림으로 교회에 가야 했다. 뒷좌석 앉아 존재감도 없이 예배를 보았던 엄마의 간절함 속에 나의 미래가 있었다는 것도 눈치채지 못하고 나는 저 혼자 잘나고 똑똑한 자식이었다.

큰 남동생이 뇌막염이 걸려 뇌성마비가 될지도 모른다는 의사진단에 몇 날 며칠을 차가운 교회 마룻바닥에서 허리를 펼 줄 몰랐던 울 엄마. 공부 잘했던 둘째 남동생이 카투사 시험에 떨어지자 국방부까지 찾아가서 기어코 영어점수를 확인했던 울 엄마. 고등학교를 갓 졸업한 나의 손을 끌고 친척들을 찾아다니며 취직 부탁을 했던 울 엄마는 자신의 체면보다는 자식들의 장래가 우선이었다.

삼남매가 싸 들고 가는 도시락반찬을 챙기는 일도, 하루 삼시 세끼 국과 반찬을 밥상 위에 올리는 일이 얼마나 강한 의지력을 요구하는 일인지 결혼해서 자식을 낳고 키워보니 이제야 알 것 같다.

자식 돌보느라 자신의 삶은 구멍 뚫린 양말만큼이나 초라해졌는데도 대가를 바라지 않던 울 엄마. 이를 악물지 않으면 달아나고 싶은 그 시간들을 자식에게 발목 잡힌 울 엄마는 이제 여든을 넘긴 노인이 되었다.

비가 오면 영락없이 우산을 챙겨 들고 교실 복도 유리창 너머로 내 이름을 뻐끔거리며 손을 흔들고 계셨던 엄마에게 나는 왜 그리 모질고 매정한 딸이었던지.

엄마, 고마워요. 그 한 마디가 뭐 그리 쑥스럽다고 아직 입 밖으로 내뱉지를 못하는 건지.

스물여섯에 대학 간다고 막무가내로 직장을 그만둔 고집 센 딸을 위해 길을 걷다가도 가던 길을 멈추고 눈물로 기도를 했던 울 엄마는 지금도 여전히 나를 위해 기도하고 있다. 훌륭한 작가가 되게 해달라고.

엄마에게 했던 모든 행동들이 회한으로 가슴에 사무친다. '부모 복이 없으면 남편 복도 없다'며 빛바랜 여고시절 사진을 바라보며 중얼거리던 엄마의 독백을 위로해주진 못할망정 엄마처럼 절대로 살지 않겠다고 오히려 엄마를 몰아세웠

던 지난 시간들을 되돌릴 수만 있다면. 그럴 수만 있다면.

난 나를 위해서가 아니라 엄마를 위해 정말로 좋은 글을 쓰는 작가가 되고 싶다. 진심으로.

인생꼴찌의 열정

내가 고교시절 물리를 싫어하게 된 이유는 단 한 가지였다. 물리 첫 시간에 배웠던 '질량보존의 법칙'은 도무지 이해가 가지 않았다. 원소와 원자의 개념을 제대로 알지 못했던 내가 얼음이 녹아서 물이 되어도 그 무게는 변하지 않는다는 이론을 도무지 지식으로 받아들여지지 못했던 것이다.

'모양이 달라졌는데 어떻게 무게가 같을 수가 있지? 얼음이 물로 변하는 과정에서 어떤 입자는 슬쩍 공중으로 사라진 것도 있을 텐데 어째서 무게가 같다고 하는 건지….'

쉬는 시간에 친구에게 질량보존의 법칙이 도무지 이해가 가지 않는다고 말했더니 그 친구 왈. 토 달지 말고 그냥 외워.

어쨌든 의문으로 끝난 첫 물리시간은 나로 하여금 졸업할 때까지 물리와는 담을 쌓게 만들었다. 그렇다고 내가 공부에 열의

가 없었던 것은 아니었다. 내가 좋아했던 특정의 과목은 늘 80
점 이상이었다. 나는 미친 듯이 좋아했고 싫은 것은 분명하게 거
부했다.

물리과목 때문에 성적은 엉망이 되고 말았다. 공부 잘하는 친
구들이 부러웠지만 그들을 따라잡는 것보다 달나라 가는 게 더
빠르다고 변명했다. 이왕 망가진 성적이니 점수에 대한 미련도
별로 없어서 급기야 아주 엉뚱한 발상을 했다.

'어차피 일등을 하지 못할 거
라면 한 번 꼴등이 되어보자.'

중간고사 때였을 것이다. 나
는 실험 삼아 시험을 치렀다. 낄
낄거리며 어떤 과목은 아예 문
제를 읽지도 않고 답안지를 작
성하고 사지선다형 문제는 한
가지 번호만 들입다 기입했다.
드디어 성적표를 받게 되던 날,
허걱! 이게 뭐야?

성적표를 받아 든 나는 놀라지 않을 수 없었다. 꼴등이 되겠다
고 엉터리로 시험을 봤는데도 내 밑에 2명이 더 있는 것이 아닌
가. 우째 이런 일이.

'일등하기도 힘들지만 꼴등도 아무나 하는 것은 아니구나.'

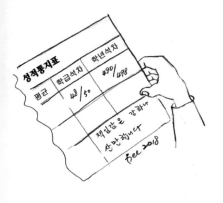

그날 이후 나는 마치 득도한 사람처럼 생각이 깊어졌다. 사람마다 노력과 상관없이 자신의 길이 있는 거라고 여기게 됐다. 어쩌면 인생의 낙오자도 정해진 게 아닐까. 그렇다면 내가 실패자인지 알려면 뭐든지 도전해봐야 한다고 생각을 바꿨다. 설사 실패하더라도 일단은 열정으로 살아가는 게 옳다는 정답을 갖게 된 것이다. 과학의 질량보존의 법칙은 몰라도 인생의 질량보존의 법칙을 깨달은 나는 26살에 대학교에 입학하게 되었고 38살에 학사모를 쓰게 되었다. 돈암동 S대를 졸업한 나는 봉천동 S대 출신을 만나도 전혀 꿀리지 않았다.

일탈을 꿈꾸는 나의 열정은 현재도 진행 중이다. 필이 꽂히면 곧바로 몰입한다. 한 번은 리듬 비트에 열병을 앓은 적도 있었다. 어느 날 갑자기 음악만 들으면 다른 사운드는 들리지 않고 리듬 비트만 내 귀에 들어오는 것이 아닌가? 그래서 나는 드럼을 배우러 다니기 시작했다. 드럼 스틱과 교본을 사고 열심히 드럼을 배우러 다녔었다. 그러나 드럼은 특성상 다른 악기와 어울려야 그 맛이 살아나기에 하는 수 없이 중도에 접어야 했다. 연필꽂이에 꽂혀있는 그 드럼 스틱은 가끔 가려운 등을 긁을 때 사용하긴 하지만 여전히 드럼은 내게 매력적이다.

'나'라는 인생질량의 불씨를 꺼뜨리면 안 된다. 나이 때문에 주저앉거나 세상 눈치 보느라 망설이지 말고 무제한으로 주어진 생각의 들판에서 뛰어놀아야 한다. 생각은 곧 현실로 나타날 테니.

마법의 양철통에 올라타다

오늘은 과거의 진행이고 내일의 시
작이라지만 사람은 입체적으로 살아가
게 마련이다. 아무리 순탄하게 살았다
할지라도. 현실은 과거의 상상력이 만들어놓은 생산품이거나 미
래는 현실 속에 부화된 환상의 3D 아닐까?

초등학교 6학년 겨울 방학 때였다. 난 대전에 계신 이모 댁에
놀러 갔었다. 놀랍게도 이모 댁에는 안방 한가운데 TV가 떡하니
놓여있었다. 물자가 귀하던 1970년만 해도 텔레비전은 풍요에
대한 부러움과 다가갈 수 없는 현실의 절망감을 동시에 느끼게
해주었던 기기였다. 나는 만화방에나 가야 볼 수 있었던 TV를 실
컷 볼 생각에 들뜬 마음이 되었다.

마침 도착했던 그날이 일요일이어서 난 이모 식구들 틈에 끼
어 '웃으면 복이 와요'라는 코미디 프로가 시작되길 기다렸다.
그런데 돌연 그 코미디 대신 다른 프로를 방영한다는 것이다. 난

생처음 들어 본 서양가수의 하와이 공연이라는 데 어린 마음에 실망이 이만저만이 아니었다. 속으로는 다른 프로를 봤으면 했지만 채널을 돌릴 수 있는 권한은 내게 없었다. 어쩔 수 없이 마뜩잖은 얼굴로 시청할 수밖엔 없었다.

영상은 경비행기가 땅으로 착륙하는 장면부터 시작했다. 헬리콥터에서 내리는 남자, 번쩍거리는 금장식이 박힌 흰색 무대 의상. 허벅지가 터질 듯 꼭 달라붙은 나팔바지, 목에 두른 스카프의 현란함, 살짝살짝 다리를 흔들어대는 제스츄어, 6학년짜리 꼬맹이의 동공을 단박에 사로잡았던 그가 바로 엘비스 프레슬리였던 것이었다.

꼬맹이는 놀라고 또 놀랐다. 흥얼거리는 목소리에 자지러질 듯 질러대는 관중들의 비명소리 때문만은 아니었다. 지구 저편에 존재하는 미지의 세계에 정신이 쏙 빠졌다. 아직 세상을 경험하지 못한 어린아이에게는 위성중계는 충격 그 자체였다. 그날 밤 뭔지 모를 흥분에 들떠서 나는 잠을 이루지 못했다. 구레나룻이 시커멓게 난 서양남자가 눈앞에 어른거려 열두 살짜리 꼬맹이는 난생처음 잠을 설쳤다. 감히 연정이라고 말하기도 우스운 나

이에 그리움이라는 풋내
나는 감정이 싹튼 것이다.

겨울방학 내내 따뜻한
아랫목에 누워 나른한 공
상에 빠지기도 했는데 미국에 가면 엘비스를 만날 수도 있을 거
라는 말도 안 되는 그런 류의 환상이었다. 아니 망상이었다. 가
난이 그림자처럼 따라붙던 그 시절에 텔레비전은커녕 전화도 없
던 가정형편에 미국이라니 그건 가당치도 않은 망상이었다. 그
런데도 난 늘 공상 속에 빠져있었다. 그리고 세월이 흐른 후 엘
비스의 돌연사 소식을 듣게 되었다. 평상시 편집광적인 나의 관
심에 비춰본다면 그의 죽음은 당연히 비통으로 다가왔어야 했는
데 이상할 정도로 담담했다. 난 애초부터 엘비스에게는 관심이
없었는지도 모른다. 엘비스라는 가시적인 인물을 설정해서 그가
출연했던 영화를 보며 그의 노래를 따라 부르면서 머릿속으로
는 미국엘 가보고 싶다는 동경을 품었던 것이다. 철없던 상상은
나에게 현실의 누추함을 딛고 일어설 수 있는 용기를 제공했다.

어쨌든 난 지금 가수 엘비스는 죽고 없는 LA에서 살고 있다.
미국으로 가서 엘비스를 만나겠다는 개도 코웃음을 치고 갈 상상대로 결국은 마법의 양철통을 타고 만 것이다.

하찮은 것이라 할지라도 그 꿈을 스스로 허물지만 않는다면 미래에 분명히 재현되는 모양이다. 오늘도 나는 마법의 양철통을 손질한다. 미래에 다가올 어떤 날의 전부가 되기 위해.

이루지 못할 세 가지 소원

내 수첩에는 평생에 이루고 싶은 소원 세 가지가 적혀있다. 첫째 소원은 가수 에릭 클랩튼 콘서트장에 가보는 것이고 그다음은 백악관 만찬에 초대되는 것이다. 그리고 마지막으로 하고 싶은 일은 내가 태어났던 강원도 고성을 방문하는 일이다. 언뜻 보면 못 이룰 것도 없어 보인다.

원래 나는 에릭 클랩튼보다는 비틀즈의 멤버였던 조지 해리슨의 공연장에 더 가고 싶었다. 하지만 그는 이미 이 세상 사람이 아니다. 영원히 그의 공연장 티켓은 살 수 없다. 실은 나는 조지 해리슨이나 에릭 클랩튼보다는 그들의 부인이었던 패티 보이드가 더 궁금하다. 에릭 클랩튼의 Tears in Heaven을 듣다 보면

아내를 친구에게 양도한 조지 해리슨
이 생각난다. 관대한 사랑으로 얽혀있
는 그들의 자유분방한 삶이 부러웠다.

　백악관에 초대되는 일은 소원이라
기보다는 망상에 더 가깝다. 백악관 만
찬에 초대될 기상천외한 기회가 내게
도 주어질 수가 있을까? 상상만 해도
너무 허황되어 실웃음이 나온다. 백악
관에 초대되기 전에 청와대에 먼저 초대되는 것이 우선순위일지
모른다. 대체 청와대에서 주시하는 인물은 어떤 부류의 사람들
일까. 아마도 내가 세계적인 인물이 된다면 당연히 그런 기회가
주어질지도 모른다. 그건 노력한다고 이룩할 수 있는 일은 아닌
것 같다. 내 노력으로 성취될 수 없는 일, 그것을 나는 평생의 소
원으로 달아놓기로 했다. 노력으로 도달할 수 있는 일이라면 소
원이 아니라 계획이 될 테니까.

　마지막으로 하고 싶은 소원은 강원도 고성에 가는 일이다. 북
한 땅이 저 너머로 보이는 고성은 '간성'이라고도 불린다. 아버
지가 군 복무를 했던 20사단이 있던 곳이다. 아버지는 늘 입버릇
처럼 고성에 가고 싶다고 했다. 그곳은 기차를 타든 고속버스를
타든 차표만 있으면 갈 수 있는 곳이다. 결국 아버지의 바람은 이
루지 못하고 유언이 되고 말았다. 계획을 세우지 않더라도 맘만

먹으면 갈 수 있는 곳을 왜 아버지는 말만 했던 것일까.

　나는 아버지의 소원을 무관심하게 흘려버렸다. 따지고 보면 나에게도 초등학교에 입학하기 전에 그곳을 떠나왔으니 고향이라고 하기엔 추억의 두께가 얇다. 그런데도 기억의 몇 장면은 영화를 보듯 선명하다.

　엄마의 등에 업혀 야트막한 담장 너머로 바라보았던 넓고 푸른 바다. 어린 나를 데리고 동해바다에서 낚시를 하던 아버지. 군용트럭이 먼지를 일으키며 지나가던 큰길. 군복바지에 런닝셔츠를 입고 바둑을 두던 아버지.

　이제 나는 알 것 같다. 죽음을 앞둔 아버지가 강원도 고성을 그리워했던 이유를. 짐작건대 나이가 들어가던 아버지는 그 시절을 그리워했을 것이다. 군인이었던 자신의 젊은 시절을.

고향을 찾아가는 것이 평생소원이라고는 수첩에 적어놨지만 나도 아버지처럼 입버릇처럼 말만 할지도 모른다. 가고 싶다고 하면서도 정작 찾아가지 않는 고향에는 푸른 바다만 넘실거릴 것을 잘 알기에. 정작 내가 그리워하는 건 고향이 아니고 아버지였을 뿐.

고래가 꾸는 푸른 꿈

겨우 일주일 다니던 일자리를 그만두겠다며 열쇠를 되돌려주던 월요일 아침, 샤이니의 종현이 자살을 했다는 인터넷 기사가 연일 검색어 1위를 차지했다. 샤이니라는 그룹이 있었다는 것도, 그가 실력을 인정받던 아이돌 가수라는 것도 그날 처음 알았다. 10년째 가수로 활동했다던 그에게 남은 것은 '인기'가 아닌 '그동안 힘들었다'는 문자였다고 한다. 미안한 생각이 들었다. 나라도 관심을 가져줬으면 험한 선택은 하지 않았을지도 모르지 않은가.

가장 현대적이고 자본주의적인 직업을 들라면 아마도 연예인이 아닐까 싶다. 한번 떴다 하면 거둬들이는 수익이 월급쟁이의 몇 배일 테니. 게다가 성형을 했든 안 했든 현란한 외모는 일반인과 확실한 차별을 둔다. 사람들이 열광하는 그에게 드리웠던

검은 휘장은 무엇이었을까.

작년인가, 재작년인가. 늦은 시각 한인 타운의 마켓에 들렀다. 무엇을 샀는지는 기억은 나지는 않는데 아마도 급하게 살 게 있었던 모양이었다. 그렇지 않고서야 야심한 밤에 허겁지겁 마켓을 가지 않았을 테니. 쇼핑 후 커피를 마시기 위해 마켓 옆에 붙어있는 커피숍에 들렀다. 커피숍도 곧 문을 닫을 모양인지 커피 한 잔 주문하기에도 눈치가 보였다. 의자에 앉아있던 여자에게 눈길이 갔던 것도 그래서였다. 30대로 보이는 여자는 가방핸들을 길게 빼서 머리를 기대고 잠을 자고 있었다. 말쑥해 보여서 여행객이라고 여겼지만 뭔가 석연치 않은 행색이었다. 커피잔을 손에 들고 주차장으로 향하면서도 곧 매장에서 쫓겨날 여자의 어둔 밤이 걱정이 됐다.

멀고 먼 나라 미국까지 와서 노숙자가 되었다면 참으로 비극이 아닐 수 없다. 어떤 기구한 사연이 있는지 모르지만 밤 10시가 넘은 그 시각에 가방 하나 달랑 들고 마감을 앞둔 매장에서 잠을 청하고 있던 젊은 여자의 모습이 내내 측은하다.

모든 사회 현상이 활주로처럼 돈벌이에만 뻗어있다. 보험금을 청구하는 편법이 새삼스러운 일은 아니다. 걸리지만 않으면

못하는 게 바보라는 의식이 있는 한 쉽게 좋아질 세상은 아니다. 은근슬쩍 일찍 출근하게 하고 늦게 퇴근하는 것을 강요하는 일터에서 노동법은 있으나마나 하다.

연말이라고 얼마 전 아는 이를 만났는데 나더러 방송극을 써보라고 한다. 소설 쓴다고 땜질하듯 일자리를 전전하는 내 모습이 보기에 딱했던 모양이다. 방송드라마가 히트를 치면 돈을 엄청 많이 번다는 그의 말도 일리는 있다. 이민사를 다룬 소설에 누가 흥미를 갖겠냐는 그의 말에도 공감한다. 다 맞는 얘기다. 돈벌이에만 초점을 맞춘다면.

성공의 기술을 조목조목 가르치는 사회다. 취직을 위해 성형도 불사하는 세상. 인생의 이모작을 위해 학원을 기웃거리는 장년층에게 꿈은 무엇일까.

잘 생기고 뭣하나 빠질 게 없는 아이돌 가수가 세상을 등진 절규가 안타깝지만 나는 그가 꿈을 꾼 게 아니라고 생각한다. 꿈과 돈벌이를 혼동했던 게 아닐까?

나이가 들어 보인다고, 머리에 핀을 꽂고 일하라는 핀잔에 나는 과감히 열쇠를 건네고는 손을 탁탁 털었다. 내가 꾸는 꿈은 시간당 최저임금이 아니기에. 오늘도 푸른 파도를 헤치며 앞으로 나아가는 고래의 꿈을 머릿속에 그려본다.

그들만의 전시회

옆집 담장에 난데없이 "Art Show"
라는 배너가 걸려있었다. 옆집 사는
백인 남자는 일요일마다 집 단장을 하며 소음을 냈다. 어떨 때
는 드릴소리를, 어떤 날은 높다랗게 자란 침엽수 나뭇가지를 치
며 모처럼 즐기려던 휴식시간을 방해하던 바로 그 옆집 울타리
에 색다른 배너가 걸린 것이다. 그 집은 유색인종만 사는 우리
동네에 유일하게 남아있는 몇몇 안 되는 백인부부가 살고 있었
다. 가끔 그 집에 사는 흰 턱수염이 무성한 백인 남자와 그보다
체격이 큰 노랑머리 아내와 마주치긴 했어도 정식으로 인사를
나눈 적은 없다.

'백인이라서, 또는 백인이기 때문에'라는 나의 선입견이 옳은
건지 모르겠지만 담 하나를 사이에 두고 있는 거리였어도 느껴지
는 묘한 거리감은 어쩔 수가 없었다. '당신 때문에 시끄럽다'는

말 한 마디 못하는 속앓이가 영어가 서투
른 이민자의 자격지심이겠지만.

　나는 쪽문을 드나들 때 훤히 들여다보
이는 구조 때문에 그 집 응접실 내부를 다
알고 있다. 가끔 불 꺼놓고 컴퓨터를 들
여다보는 주인 남자의 모습을 보기도 하고 새장 밖으로 나와 박
제처럼 움직이지도 않고 있는 커다란 앵무새를 보기도 한다. 몇
마리인지 모르는 개들이 울부짖는 소리로 미루어보아 동물을 좋
아하는 사람들이라는 것만 알 뿐이다. 울타리 틈새로 보이는 그
집 마당은 아주 자그마한데 가끔씩 밤늦도록 떠드는 소리가 들
리는 걸 보면 사람들을 좋아하는 사람일 거라는 상상만 한다.

　그런데 별로 커보이지도 않는 집 마당에서 무슨 전시회를 한
다는 건지. 순간적인 호기심을 억제할 수가 없었다. 공개적으로
오픈을 하겠다면 그 집안을 직접 들어가 볼 수 있는 유일한 기회
가 아닌가. 용기를 내어 그 집 안으로 들어섰다. 이내 후회할 거
라는 상황을 미리 짐작하지 못한 게 실수이긴 했다.

　그들은 그들만의 전시회를 열고 있었다. 늘 마주치던 백인 남
자는 여전히 희끗한 턱수염이 덥수룩했다. 나는 옆집에 살고 있
다고 내 소개를 했다. 그것이 전부였다. 애초부터 나를 반길 것
을 기대하진 않았으니까 떨떠름한 그의 표정에 신경을 쓰진 않

았다.

집안에 들어서자 늘 보았던 새장은 보이지 않았다. 대신 간이 칸막이가 세워져있었고 인물화들이 걸려있었다. 솔직히 그림수준은 아마추어 실력에 지나지 않았다. 이런 평범한 그림도 사람들이 돈을 내고 사가는 지. 괜히 왔다는 후회가 밀려들었다. 그건 다음에 어떤 일들이 기다리고 있는지 몰랐을 때의 단순한 직감이기도 했다.

앞마당으로 향했다. 그림이 걸려있는 칸막이 앞에 서서 사람들이 스낵을 먹으며 이야기를 나누고 있었다. 느닷없이 들어선 동양여자에 대한 반감이었을까. 분명 나는 그렇게 느꼈다. 그림을 가로 막고 있는 그들의 커다란 몸짓 때문에 나는 고개를 기웃거려야했다. 그래도 어느 누구 하나 내가 그림을 제대로 볼 수 있도록 자리를 비켜주지 않았다. 방금 전까지 이야기를 나누던 그들은 약속이나 한 듯 입을 다물었다. 마치 내가 빨리 사라져주길 바라듯이.

나는 서둘러 쪽문을 열고 그 집 응접실을 지나 집안으로 들어왔다. 저 정도 실력 갖고 동양인을 무시하는 백인들이라면 겁낼 게 없다는 배짱에 창문을 열고 '오빠는 강남스타일'을 커다랗게 틀었다.

"그래도 나는 한국인이다"

사람, 사람, 사람. 한국 사람들.

지하철 문이 열리자 우르르 낯익은 사람들이 쏟아져 나온다. 고향 아저씨 같기도 하고 옆집 아줌마 같은 내 핏줄들이다.

내 귀는 고속 진공청소기처럼 사방에서 들려오는 정겨운 소리를 남김없이 빨아들였다. 핸드폰으로 나누는 자박자박한 대화를 엿듣고 느닷없이 팔걸이에 엉덩이를 들이밀었다고 시비를 거는 다툼에 귀를 쫑긋 세웠다. 설 지낼 음식을 해놨다고 몇 번씩 아들에게 전화를 거는 어느 어머니의 대화는 오래전에 들었던 정겨움 아닌가. 전동차 이 칸 저 칸에서 밤 깎는 가위를 파는 아저씨에게 삼천 원을 건네고 중국산이 아닌가 살펴보았다. 내가 산 가위를 한 번 보자고 말을 건네는 할머니의 요청에 난 선뜻 물건을 보여주며 말을 주고받았다.

앞좌석에 앉은 아이엄마는 자기 아이에게 영어단어를 익히게 하느라 묻고 또 묻는다. 영어학원 이름이 새겨진 가방이 아이의 팔에 걸려있었다. 난 슬며시 얼굴을 돌렸다.

미국에 살면서도 아직도 영어에 서툰 내 게으름이 창피해서다. 오히려 나는 가물가물해지는 한국어를 잊지 않기 위해 영어사전대신 국어사전을 뒤적이고 있지 않은가. 게다가 난 한글로 소설을 쓰느라 영어공부는 포기한지 오래다. 미국에 살아도 영어로 유창하게 대화하는 건 꿈속에서나 가능한 일이다.

몇 년 만에 한국에 나온 나를 아무도 재외동포라고 열외로 치지 않았다. 아무도 '국적이 어디냐.' 묻지 않고 '네가 사는 한국으로 도루 들어가라.' 다그치는 사람도 없다.

이중국적을 허용하자는 내용이 국회에서 논의되고 그 범위를 두고 갑론을박 따질 무렵 난 한국을 방문했다. 투표권을 부여한다면 다른 국민의 의무도 부여해야 한다는 강경한 논리가 서운했다. 일부에게만 그 권한을 부여하자는 쟁론은 건너편에 앉아 열심히 영어 단어를 익히는데 열중인 아이와 엄마를 바라보는 것처럼 쓸쓸하다

한국을 떠났으니 미국 정치인들에게 관심을 가지라는 논리야 틀린 말은 아니다. 물론 그렇게 해야겠지만 내 피붙이가 살고 있

는 한국에 대한 그리움을 어떻게 무 자르듯 잘라버릴 수가 있겠는가. 오히려 살면 살수록, 나이가 들면 들수록 수풀처럼 짙어가는 게 향수병이다.

요즘은 세계 구석구석에 한국 식당이 없는 곳이 없다. 삐뚤삐뚤 한국식당이라고 적힌 간판을 보면 얼마나 반가운지. 그건 경험해본 사람만이 안다. 소시지와 스크램블 에그가 곁들여진 아침식사는 잘해야 한두 끼다. 매콤한 김치가 제공되는 한국식당이 세계 도처에 있다는 건 나같이 비위가 약한 사람에겐 다행스런 일이다.

타국에 나가있는 사람들은 또 다른 국가의 자원이다. 이중국적의 논리를 갖고 내 나라 남의 나라 편을 가를 게 아니라 이민을 갈 수 밖에 없는 선택에 위로를 베풀어야 한다. 한국의 정치인들은 각국에 흩어져 사는 3백만의 표를 얻을 계산이 먼저겠지만 우리가 원하는 건 우리를 잊지 않고 챙겨주는 모국의 관심이다.

설사 국적이 바뀐들 검은 머리카락이 노랗게 변색될 리 없고 굳어진 혓바닥에서 영어가 좔좔 쏟아질 리 없다. 피부색 검은 오바마가 멋지게 대통령 취임식을 치렀다 해도 그저 타국의 대통령처럼 한 다리 건너다. 한국을 떠난 것 사실이지만 모국을 잊지 못하는 속정만은 변함이 없는데, 때로는 홀대받는 것 같아 서운함도 감출 길이 없다.

현충원 구암사의 '국수공양'

한국행 비행기를 탔다. 6월은 성수기라 비행기 요금이 제일 비싸다. 비행기 삯을 아끼려 5월에 비행기 표를 끊었다. 덕분에 한국에 머물러야 할 시간이 길어졌다. 그래도 주로 집에서만 지냈다. 처리해야 할 일정들은 모두 현충일 참배가 끝난 다음으로 미루고 싶었다. 갈 곳은 많았지만 사람들과 만날 일을 피하니 딱히 할 일도 없었다. 고작 방에만 있으려고 비행기를 탔나 싶을 정도로 꼼짝하지 않았다. 유족들을 태운 버스를 타고 대전으로 내려가던 현충일이 휴가처럼 느껴졌다.

사계절 중 여름과 겨울만 남았다더니 한국에 도착한 날부터 연일 무더위로 숨을 죽여야 했다. 다행히 대전으로 가는 하행 길에 한차례 소낙비가 쏟아지더니 먹구름이 하루 종일 그늘을 만들어주었다.

참배객이 늘어난 걸까. 전에 없이 느껴지는 인파다. 유족을 태운 버스가 주차장을 찾지 못해 일단 현충문 앞에서 모두 내려야 했다.

'구암사 무료국수'라는 현수막이 눈이 띄었다. 실은 그 현수

막을 본 게 올해만은 아니었다. 현충원을 찾을 때마다 같은 자리에 그 현수막이 나부꼈었다. 마침 버스가 국수 배급장소 가까이에 정차했기에 나도 용기를 내어 배식 줄에 섰다. 입맛이 변한건지, 혼자 먹어서 그런지 유족들에게 제공된 도시락에 담긴 닭튀김과 고등어조림은 모양만 그럴듯하고 퍽퍽해서 더는 먹을 수없었다. 하얀 쌀밥에 무말랭이무침만 깨작거리며 먹다말았으니여전히 허전할 밖에. 국수가 떨어져 새로 삶고 있다는 말에도 나는 체면 차리지 않고 기다렸다.

5분이 지났을까. 묵은 김치를 고명으로 얹은 국수에 따뜻한 육수를 부은 그릇을 건네받았다. 국수 한 그릇으로 배를 채우니 가족끼리 바리바리 싸온 음식들을펼쳐놓고 먹고 있는 모습에도 군침이 돌지 않았다.

비슷한 비석사이를 헤매다 장교1묘역 208묘판으로 들어서자그제야 낯이 익다. 아버지 비석 앞에 꽂아놓은 조화가 꼴이 말이

아니다. 작년에 메르스 사태로 유족들에게 버스가 제공되지 않은 탓이다. 탈색된 조화를 버리고 새빨간 조화로 바꿔 꽂고 주변을 둘러보았다. 옆의 비석 유족들은 아직 오지 않은 모양이다. 갈아 끼우지 못한 빛바랜 조화가 그것을 말해준다.

일 년에 한 번 뿐인 현충일이지만 참배를 하는 건 쉬운 일은 아니다. 압박골절로 허리에 지지대를 차고 있는 여든 살이 된 친정엄마의 육체는 슬픔이었다. 공휴일이라 집에서 쉬고 있는 남동생이 있다 해도 따라나서지 않으면 강요할 수 없는 일이다. 식구들 눈치를 살피며 비행기를 타고 현충원을 찾아오는 내 고집도 내년을 보장할 수 없다.

'죽은 혼령이 내가 왔다간 걸 알 리가 없을 텐데….'

몇 해째 무료로 유족들에게 국수공양을 하는 구암사가 아니었다면 아버지더러 '내년에 또 찾아오겠다'는 다짐은 하지 못했을 것이다.

유월이 오면

　한국전쟁은 오래 전에 끝이 났다. 나는 전쟁에 대한 기억도 없고 전쟁터에서 겪었을 아픔도 잘 모른다. 한국전쟁이 휴전이 되고도 한참 후에 태어났으니 내가 아는 전쟁은 그저 머릿속으로 이해되는 지식이 전부다. 그리고 전쟁의 참상을 떠올리기에 지금 내가 살고 있는 이 세상은 너무나도 화려하고 번화하다. 포탄이 훑고 지나간 황폐함은 흔적도 없이 사라졌고 폐허가 되어버린 도시는 사진에서나 볼 수 있는 남의 일이 되어버렸다.

　휴전이라고는 하지만 사람들에게 60년 전의 전쟁은 실감나지도 않고 '전쟁'이라는 낱말도 삶 속에 파묻혀 아득해지는 모양이다. 그래서 가끔은 시간이 편리하고 고마울 때도 있다. 전쟁을 겪은 사람이나 안 겪은 사람이나 무덤덤하게 만든다. 그런데 이상하다. 전쟁의 기억도 경험도 없는 나는, 유월이 오면 갈래갈래 마음이 흐트러진다.

유월, 그리고 이십오일.

까마득한 옛 시절에 설마, 설마로 시작되었던 한국전쟁이 일어났다. 아수라장이 되었던 전쟁터 속에 앳된 얼굴을 했던 17세의 나의 아버지도 섞여있다는 건 어쩌면 당연한 일이었는지도 모른다. 하필이면 왜 그 시절에 태어났을까. 운이 없었던 것이지. 전쟁이 발발했던 시절에 남자로 성장했던 건 운이 없다고 봐야 한다. 거부할 수 없는 시대적 운명에 휘말려버린 아버지의 삶을 나는 그렇게 속 좁게 이해했다.

26601이라는 군번 목걸이를 목에 걸고 전선을 따라 이동했던 나의 아버지가 겪었을 그해 추운 겨울에 대해 나는 잘 모른다. 얼마나 춥고 힘들었을지. 무기는 제대로 있었는지. 땀방울로 뒤범벅이 된 여름은 또 얼마나 무더웠을지. 포탄이 고막이 터질 정도로 폭음을 터트리며 땅속으로 파고드는 전쟁터의 살벌함이 어떤 것인지. 나는 알 수 없다. 그저 무심하게 군화 때문에 생긴 무좀이라며 파우더를 뿌리는 아버지의 구부정한 등허리만 바라봤을 뿐이다.

가끔 아버지는 하얀 러닝셔츠 바람으로 마루에 앉아 지나가는 말로 전쟁터에서 일어난 이야기를 독백처럼 꺼냈다.

"사람들이 갑자기 피난을 가느라 정신이 없었나봐. 빈 집안에 들어가면 여기저기 금붙이가 방바닥에 떨어져 있었어. 같이 같던 동료들이 그 금덩이들을 주머니에 챙겨 넣느라고 정신이 없었지. 그런데 그 사람들은 모두 전사하고 나만 살아남았는데⋯⋯."

살아남아서 다행이었는지, 그게 뭐 어쨌다는 건지. 아버지는 더 이상 그 다음을 잇지 않았다. 그저 남의 이야기를 하듯 아버지는 말꼬리를 흐렸을 뿐이다. 나는 덤덤한 아버지의 고백을 변명이라고 여겼다. 그 무심함 때문에 우리 가족이 얼마나 곤핍하게 살고 있는지 아느냐고 항변하고 싶었다. 전쟁이 끝나 군대에 계속 남아있었던 것도, 그리고 소령 진급에 실패해서 대위 계급장을 단 군복을 벗어야 했던 것도 이 모두가 다 욕심 없는 아버지의 무심함에서 비롯된 일이라고 원망했다. 나는 그렇게 아버지를 오해하고 왜곡했다.

내 고향은 강원도 고성이다. 일가친척 하나도 없는 강원도 고성에서 태어나게 된 것은 아버지의 부대 때문이기도 했다. 민간인보다는 군인이 더 많이 보이는 동네에서 나는 어린 시절을 보냈다. 대문도 없는 집은 문을 나서면 바로 큰 행길이 보였다. 먼지를 일으키며 달리는 군용트럭의 꼬리를 하염없이 바라보는 것이 놀이의 전부이기도 했다. 낚시를 즐겨하는 아버지를 따라 갔던 푸른 동해바다는 지금도 눈을 감으면 짙푸르게 펼쳐진다. 세월이 이만큼 흘렀어도 생생하게 그 기억을 간직하고 있는 건 푸른 바다가 아니고 실은 하얀 러닝셔츠를 입고 물고기를 잡던 아버지였다. 꼬리에 뽀얀 먼지를 달고 가는 군용트럭의 뒷바퀴는 군복바지에 흰 러닝셔츠를 입고 바둑을 두던 아버지의 모습과 겹쳐졌다.

내가 초등학교에 입학하던 즈음에 아버지는 완전히 군복을 벗었다. 그래도 아버지는 집에서도 늘 야전잠바를 입고 있었고 국방색 바지를 입고 지냈다. 군인도 아닌데 외할머니는 아버지를 여전히 '권 대위'라고 불렀다. 이모부들도 아버지를 그렇게 불렀고 동네 사람들도 그렇게 불렀다. 먼 친척 아저씨는 나를 '권 소위'라고 불렀다. 내 이름이 소희였으니 빗대서 그렇게 불렀겠지만 그건 나를 놀리려는 것이 아니라 내 아버지를 놀리는 것이었음을 성인이 되어서야 깨닫게 되었다.

군인도 아닌 권 대위의 삶은 누가 봐도 한심했다. 내가 살았던 불광동 '독박골'은 날개를 잃어버린 남자의 자존심을 지켜주기에 초라하고 궁색하기가 그지없었다. 자질구레한 살림살이는 방 두 칸짜리 공간을 비좁게 만들었다. 게다가 벽에 걸려있는 화랑무공 수훈장 액자는 정말로 컸다. 방이 작은 건지 액자가 큰 건지. 액자는 벽 한 쪽을 꽉 차지했다. 수훈장 액자를 걸어놓은 못에는 겉옷까지 겹쳐서 걸렸다. 수훈장은 옷더미에 파묻혀 보이지도 않았고 훈장은 가난한 살림살이에는 어울리지 않는 한갓 거추장스러운 물건에 지나지 않았다. 적군에게 포위되어 고립되었던 소대원들을 하나도 상하지 않게 지휘했던 아버지의 공로는 전쟁터에서나 인정될 일이라고 여기며 우리는 전쟁 영웅을 그렇게 홀대했다.

초등학교시절 운동장 가운데 우뚝 서서 예비군들을 모아놓고 지휘를 하시는 아버지를 본 적이 있다. 반짝거리는 군화를 신고 군복 차림에 지휘봉을 든 아버지의 모습은 멋이 있었다. 하지만 우리 아버지라고 친구들에게 끝내 말하진 않았다. 어른들의 세계를 몰랐던 나는 소령 진급에 누락되어 제대를 해야 했던 아버지의 가슴에 어떤 피멍울이 맺혀 있었는지 관심도 없었을 뿐더러 아예 이해하려고 하지도 않았다. 20년 근속을 채우지 못해서 연금혜택도 없이 제대한 아버지는 주변머리 없는 가장에 불과했다. 그리고 또, 학교졸업장도 없이 사회 변두리를 맴돌아야 했던 참전용사의 쓸쓸한 뒷모습을 이해하기에 나는 어렸고 철이 없었다.

전쟁은 오래 전에 끝이 났지만 전쟁의 그늘은 아주 길고 어두웠다. 전쟁은 아버지의 젊음을 송두리째 수혈해갔다. 그건 아버지의 전부를 가져간 것이나 마찬가지였다. 전쟁으로 인해 학업의 기회를 놓친 한 사람에게 남겨진 인생은 전쟁터에서 죽어가는 것보다 어쩌면 더 서러운 일이었는지도 모른다.

새 학기가 되면 가정통신란에 기재해야하는 아버지의 학력은 매번 바뀌었다. 말하자면 나는 해마다 학력 위조를 해야 했다.

고졸, 대학 중퇴, 대학 졸업.

그런 것은 아무래도 좋았다. 어차피 담임선생이 일일이 출신 학교에 확인전화를 걸 것도 아니고 형식적인 절차에 불과했으니 고등학교로 올라가서는 내가 쓰고 싶은 대로 아버지의 최종학력을 제멋대로 적어냈다. 사실 허위기재보다 더 고통스러웠던 것은 가난이었다.

아버지는 전쟁터에서 이미 경험을 해서 그런지 굶주림이 별로 두렵지 않은 것 같았다.

"농부들이 주먹밥을 만들어 올려 보내면 먹고 그나마 그것도 없으면 굶고 싸워야 했었지. 어떤 날은 날이 더워서 주먹밥이 쉬어서 못 먹을 정도였지만 그것마저 먹지 못하면 굶으니까 하는 수 없이 먹어야 했다."

생과 사를 넘나드는 긴박함도 아버지 입을 통하면 아주 담담해졌다.

하지만 아버지에게도 담담하지 않은 것이 있었다. 그건 품위였다. 비록 수훈장은 옷더미에 가려 보이지 않았지만 지휘관으로서 품위를 잃지 않으려는 아버지의 정신력은 수훈장의 크기보다 더 크고 높았다. 하지만 책상도 없이 방바닥에 엎드려 숙제를 해야 했던 나는 돈 못 버는 아버지가 정말로 원망스러웠다. 식구들은 위벽을 긁는 것 같은 쓰라린 가난보다 더 중요한 것은 없다고 여겼고 아버지는 끝내 세상과 타협하지 않았다.

아버지의 군대 동기들은 제대하고도 사회에서 굵직한 위치로 옮겨갔다. 엄마는 그 사람들을 한 번만 찾아서 일자리를 부탁해보라고 권했지만 아버진 들은 척도 하지 않았다. 오히려 그런 말로 아버지의 신경을 건드리게 되면 그날은 물건이 부서지든지, 사람이 다치는 일이 발생했다.

아버지는 언제나 근엄했다. 집에 돌아오시면 말이 없었고 별로 웃질 않았다. 어찌 보면 화가 난 것 같기도 했다. 아버지는 조금이라도 흐릿한 태도를 용납하지 못했다. 그런 아버지를 가까이 하기란 좀처럼 어려운 일이어서 나와 아버지와의 거리는 안드로메다 별자리만큼이나 멀리 있었다.

사춘기가 되어 아버지에 대한 불만과 오해는 극에 달했다. 고분고분하지 못했던 나는 식구 중에서 가장 많이 아버지와 맞섰다. 고집 센 딸의 반항을 받아줄 리가 없는 아버지여서 매를 피할길도 없었다. 심지어 아버지는 내 머리카락을 잘라 한동안 나는 머리카락이 자랄 때까지 가발을 쓰고 다녀야했던 적도 있었다.

가난 때문에 내가 원하는 것을 가질 수가 없다고 절망하는 만큼 아버지에 대한 원망도 풍선처럼 커갔다. 등록금 때문에 대학입학을 포기해야 했을 때 아버지에 대한 미움은 그 끝에 닿았다. 남에게 아쉬운 소리를 하지 못하는 아버지가 자신의 삶을 어떻게 융해시키고 와해시켰는지, 그 진실의 깊이가 어느 정도나 되는지를, 나는 전쟁의 참상만큼이나 알지 못했다.

아버지는 학도병이었던 자신의 젊은 시절을 한 번도 원망하지 않았다. 한번쯤은 전쟁에 참전했던 지난 시절을 투정했을 법도 하건만 아버진 전쟁에 대해선 어떤 부정적인 말도 변명도 하지 않았다. 게다가 훈장을 빌미로 국가에 보상을 요구하지도 않았다. 멀쩡하게 살아있으니 보상 따위는 필요 없다고 여겼는지, 아니면 전사한 동료들에 대한 미안함 때문에 그랬는지는 잘 모르겠다. 하지만 어떻게 해서든지 건수만 생기면 정부 돈을 타내기 위해 갖은 머리를 쥐어짜는 것이 대다수의 사람들의 삶의 방식 아니던가. 악착같이 받아먹을 것은 받아 챙겨야 하는 게 현명하다고 여기는 사회 풍조 속에 그나마 아버지가 원하는 건 단 한 가지 뿐이었다.

"내가 죽으면 나는 현충원에 묻히게 될 거다."

그것이 아버지가 알고 있는 보상의 전부였다.

세상 정보에 문외한이었던 아버지 탓에 수훈자 자녀들에게 장학금 혜택이 있는 것도 모르고 나와 내 남동생들은 대학을 졸업하기 위해 장기융자는 물론 안 해 본 아르바이트가 없을 정도다. 우리가 아는 상식은 국가 유공자 자녀에게 주어지는 혜택이라곤 공무원 시험을 볼 때 가산점을 주는 정도였다. 그나마 공무원 시험을 칠 계획이 없었으니 사실 우리가 누릴 수 있는 혜택은 전혀 없었다.

정부 혜택을 못 받아서 허탈했던 것이 아니다. 당신의 희생을 치르고도 대가를 바라지 않는 무심의 마음은 차라리 무관심이나 다름없었기 때문이다. 자식들은 돈이 없어서 이렇게 고생을 하는데 차려놓은 밥상도 못 갖다 먹는 아버지는 자리만 차지했던 수훈장 보다도 못하다고 생각했다.

가진 게 없어도 자족할 수 있으면 행복하다는 세상 사람들의 표현은 나에게는 환상이고 헛소리로 들렸다. 나는 아버지의 삶의 방식이 마음에 들지 않았다. 가난은 아버지가 뿌린 삶의 결과였기 때문이었다. 그런데 그 삶의 배경에는 전쟁이라는 뿌리치지 못할 시대적인 사건이 놓여있었다는 것을 미처 발견하지 못했다. 그것을 깨닫게 된 것은 아주 나중 일이었다. 그것도 아버지가 내 곁을 떠나고 난 뒤, 이제야 말이다.

분노도 그렇다고 애정도 드러내지 않았던 절제된 자세를 평생 지녔던 아버지.

그런 아버지를 하늘이 불쌍하게 여겼던 것일까.

나무도끼를 잃어버린 욕심 없는 나무꾼에게 나타나 금도끼가 네 것이냐, 은도끼가 네 것이냐 물었던 산신령처럼 우연한 기회에 만난 택시 기사를 통해 신은 아버지가 마지막을 마감할 수 있는 방법을 들려주었다.

불행하게도 아버지는 폐암에 걸리셨다. 약삭빠른 사람들은 용케도 전쟁을 피해 다녔고 수단과 방법을 가리지 않고 군대를 가지 않으려는 이 세상은 어쩌면 아버지에게는 어울리지 않았는지도 모른다. 현실은 냉정했다. 돈이 없으면 생명도 별 의미가 없었다. 가난을 평생 끼고 살았던 아버지에게는 항암치료는커녕 당장 병원을 다녀야 하는 치료비도 없었다. 이제 아버지에게 남겨진 일이라고는 오로지 호흡이 끊어진 순간을 기다리는 일 뿐이었다.

어느 날 아버지는 다시 보지 못하게 될 먼 친척을 만나기 위해 택시를 타게 됐다. 사람들은 아버지의 바짝 마른 몰골을 보고 말하지 않아도 병이 위중하다는 것을 단박에 알아차렸다. 택시기사와 이런 저런 이야기를 하던 중에 아버지는 참전용사라는 것을 밝혔고, 죽게 되면 뼛가루는 대전 현충원에 묻히게 될 거라는 말을 꺼냈다.

"그럼, 보훈병원을 찾아가보세요. 6·25전쟁에 참전하셨다면 거의 무상으로 치료를 받으실 수가 있을 겁니다. 저의 장인어른도 참전용사였는데 보훈병원에서 치료를 받으셨거든요."

우연히 접하게 된 그 정보는 말라가는 화초에 내려진 무지개였다. 그렇게 우여곡절 끝에 아버지는 보훈병원에 입원을 하게 되었다.

 나는 그곳에서 처음으로 아버지의 삶을 보았다.

 삶에 대해 초연하고 죽음도 거리낌 없는 한 인간의 모습은 흉내 낼 수 없을 정도로 고귀하고 숭고했다.

 불광동에서 천호동 보훈병원까지의 거리는 결코 가깝지 않았다. 그 먼 거리를 가는 동안 눈물은 하염없이 흘러내렸다. 죄책감이기도 했다. 항암치료를 거부한 아버지의 결단이 가족들에게 더 이상 폐를 끼치지 않으려는 예의였다면 그것을 거부하지 않고 받아들였던 것은 자식으로서는 무책임하고 낯부끄러운 일이었기 때문이다.

 암 진단을 받고 난 며칠 후 아버지는 해가 독박골 족두리바위 쪽으로 넘어가는 저녁 무렵에 마루에 앉아서 내게 말했다.

 "내가 지금 항암치료 한다고 해봐야 5년 정도의 생명이 연장되는 것 말고는 의미가 없다. 5년 후에 뭐가 달라지겠니? 내 손자들이 5살 더 먹는 것을 바라보는 것 말고는 소용이 없는 일이다.

그나마 통장에 있는 돈 천만 원 까불려봐야 앞으로 살아갈 날이 더 많은 네 엄마에게 고통만 줄 뿐이다."

노을의 불꽃이 사그러지고 난 초저녁의 쓸쓸한 그림자가 마당에 놓인 수도꼭지를 길게 붙들고 있었다. 그런 결정을 내리기까지 아버지는 얼마나 많은 시간을 마루에 앉아 넘어가는 해를 보았던 것일까. 아버지의 결심 덕에 우리는 빚을 끌어대지 않아도 되었다. 아버지를 살리겠다고 울고불고 난리치지 못했던 자식들의 태도에 아버지는 혹시 서운한 마음은 없었을까. 조심스레 묻고 싶었지만, 그럴 용기가 있었다면 병든 아버지를 내버려 두지도 않았을 것이다.

아버지는 바짝 말라갔다. 피부 거죽은 뼈의 형체대로 덮고 있었다. 상황은 점점 나빠지고 있었지만 내가 죽음을 기다리는 아버지에게 해줄 수 있는 건 겉절이 따위의 밑반찬을 해가는 것과 아버지를 휠체어를 태우고 병원 안을 돌아다는 일 뿐이었다.

나와 아버지는 햇살이 따스하게 비치는 복도에서 잠시 멈춰 섰다. 창문 너머로 아래층이 내려다보였는데 그곳은 고엽제 환자들이 약을 타는 코너였다.

"내가 대한민국을 위해 목숨을 바친 사람인데 나를 이렇게 함부로 대할 수 있어!"

한 아저씨가 뭔가 불만족스러웠던지 호통을 치는 소리가 이층에 우리가 서있는 복도까지 들렸다. 그 모습을 보던 아버지는 호탕하게 웃으셨다.

"하! 하! 하! 환자가 의사에게 큰 소리를 치는 곳은 아마도 보훈병원 밖에 없을 거다."

아버지는 웃었지만 난 눈물을 참기 위해 눈을 껌벅여야 했다. 얼마나 죽음이 두렵지 않으면 이런 순간에도 웃음이 나올 수 있는 것일까. 그 호탕함은 아버지의 소신이었고 철학이었다. 무관이 가져야 할 덕목을 아버지는 평생 간직해왔던 것이다. 죽음을 두려워하지 않는 건 군인이 지녀야 할 첫 번째 덕목이었다. 처음이자 마지막으로 본 웃는 모습을 끝으로 삶에 연연하지 않는 아버지는 하늘나라로 긴 여행을 떠났다. 오월, 첫째 날에.

의장대의 행렬은 장엄했다. 국가가 보여준 예우는 그토록 꼿꼿했던 아버지를 비로소 인정할 수 있게 했다. 아버지의 유골 단지가 땅에 매장되고 그 위에 '육군대위 권만중'이라는 비석이 세워졌을 때 나의 가슴 속으로 회한이 묵직하게 파고들었다. 어떤 자리에서도 결코 자신의 모습을 흩트리지 않았던 아버지. 물려준 건 가난 밖에 없다고 원망했는데 아버지는 가장 크고 중요한 것들을 우리들에게 남겨주시고 세상을 떠나셨다. 의로움이 무엇인지를.

전쟁은 젊음을 함몰시키며 지나갔다. 젊음이 수장되었던 그 자리에 사람들의 행복이 재건되고 미래가 건설되었다. 내가 지금 누리고 있는 이 풍요와 넘치는 자유는 목숨을 아끼지 않았던 나의 아버지, 그리고 선열들의 희생을 딛고 피어난 것들이다.

참으로 감사하고, 고마운 일이다.

계룡산자락이 올려다 보이는 현충원에 누워계신 아버지와 살신성인의 삶을 마다하지 않는 이 땅의 모든 젊은 용사에게 잠시 묵념을 올린다.

현충원 가는 길

꾸물거리는 하늘을 올려다보았다. 비가 올 거라고 추측하던 일기예보가 맞을 모양이다. 엄마는 우산을, 나는 양산을 챙겨들었다. 비보다 햇빛이 더 싫다. 그늘이 없는 현충원의 태양열은 피할 곳도 없는 데 아주 뜨겁고 강렬하다.

대전 현충원으로 가는 길은 아버지가 남긴 이야기를 더듬는 시간이었다.

여든이 넘은 나이에도 총기가 여전히 남아 있는 엄마는 아버지에게 전해들은 이야기를 더듬더듬 내게 들려주었다. 해마다 들어도 들을 때마다 안타깝고 눈물이 나는 이야기다.

"처음으로 북한군을 쏴 죽였던 날은 잠을 잘 수가 없었다더라."

처음으로 인민군을 총으로 쏘아 죽였던 그 날은 잠을 잘 수가 없었다고 엄마에게 털어놓았던 아버지의 전쟁담은 언제 들어도 가슴을 조여 들게 만든다. 적군을 죽이지 않으면 자신이 죽을 수 있는 절체절명의 전쟁 통이라 해도 살인에 대한 죄책감이 왜 없겠는가.

"만약 전사라도 하게 되면 자기 약혼자는 미칠 거라고 말하던 안 소위는 그 말을 끝내자마자 폭탄으로 인해 그만 팔은 이쪽에 다리는 저쪽으로 흩어졌대⋯."

인생을 일기예보처럼 미리 예측할 수 있다면 불행을 피할 수도 있지 않을까. 그래서 신은 인간을 위해 예감이라는 감각기관을 따로 두었는지 모른다. 자신의 불행을 마치 예측이라도 한 듯 말을 마치자마자 아버지의 동료는 전사하고 말았다.

구사일생으로 살아났던 아버지는 바로 눈앞에서 동료의 팔과 다리가 산산조각으로 공중에서 분해되는 광경을 목격해야 했다. 사지가 동강나는 동료의 죽음을 보고도 어찌할 수 없었던 아버지의 가슴은 무슨 색이었을까. 삶과 죽음이 엇갈리는 순간을 경험한 군인의 가슴에 새겨진 것은 일곱 가지 색을 모두 섞어놓은 회색이겠지.

유가족으로 가득 찬 현충원은 슬픔과 어울리지 않게 화려하다. 만년 시들지 않을 것처럼 선명한 꽃들이 비석마다 꽂혀있다. 가족끼리 둘러앉은 모습도 참배가 아니라 소풍 온 것처럼 즐거워 보인다.

현충일은 예의를 갖춰야 할 엄숙한 기념일이지만 마냥 슬픔에만 젖을 일은 아니다. 우리가 행복해지는 것, 그것 또한 그분들이 바라는 일이었을 테니까. 호국영령들에게 산자가 보여줘야 할 예는 이 풍요로움, 지금 행복을 만끽할 수 있음에 감사하는 마음을 잊지 않는 일일 것이다.

나는 약혼자를 염려하던 안 소위의 죽음을 사는 동안 내내 기억 속에서 떨쳐버리지 못했을 아버지의 안식을 빌었다. 북한군을 죽여야 했던 아버지의 죄책감을 전부 이해할 수는 없겠지만 꽃으로 가득 찬 이 화려한 묘지에 안장 된 아버지의 영혼은 분명 먼저 전사한 동료들을 찾아가 위로해주었을 것이다.

집으로 돌아갈 버스를 타야 하는 시각에 맞춰 비가 흩뿌리기 시작했다. 거짓말처럼 일기예보가 적중했다. 방수가 된 양산을 챙겨들었으니 비 맞을 걱정은 하지 않아도 된다.

나는 혼령이 있다고 믿고 싶다. 혼령이 된 아버지가 일 년에 한 번 뿐일망정 비행기를 타고 현충원을 찾아오는 나를 기다렸으면 좋겠다.

흑백사진 속에 담긴 추억

　1960년대 이전의 흑백사진들을 보고 있노라면 왠지 애잔하다. 그 시절은 왜 그리 빈한하고 남루해 보이는 건지. 영양부족으로 바짝 마른 우리의 아버지이고 우리의 어머니였을 모습들. 그래도 삶의 높낮이가 느껴지지 않는 사진 속의 풍광은 어느 장면을 보더라도 낯이 익고 정겹게 느껴진다. 비록 화려하지는 않았어도 너나할 것 없이 단조롭게 살았던 그 시절이 이제는 뭉글뭉글 그리움으로 피어오른다.

　빚보증을 잘못 서서 재산을 모두 빼앗긴 외가댁은 '독박골'이라는 동네로 이사 갔다. 전깃불이 들어오지 않아 어둠이 깔리면 외할아버지는 호롱불 유리관 뚜껑을 열어 심지에 불을 붙였다. 심지에 붙은 불은 까맣게 유리관을 그슬리며 공중으로 피어올랐고 방안에는 검은 그림자가 거인처럼 커졌다. 어두컴컴한 부엌에서 외할머니는 희미한 등불에 의지해서 더듬더듬 저녁상을 차려야 했던 시절. 불편했던 그 시절의 저녁밥은 지금도 그리워지는 것은 왜 일까?

외할머니는 언제나 소주잔을 준비해두었다. 물장수 아저씨가 철렁거리며 물통의 물을 독 안에 쏟아 부으면 할머니는 준비해 둔 소주잔을 내밀었다. 빙판에 미끄러질까 염려됐지만 물장수 아저씨는 비틀비틀 거리면서도 물지게를 지고 하루도 빠지지 않고 물을 길어왔다. 땅 속에서 솟아난 우물물은 겨우내 먹어도 배탈은 나지 않았다.

불광동에서 구기터널로 넘어가는 도로는 원래 외갓집 앞에 흐르던 개천이었다. 겨울이면 나는 할머니를 대신해서 개울물에 가서 빨래를 빨아오기도 했다. 어찌나 차갑던지 얼얼해진 어린 조막손은 곱아 펴지지도 않았다. 그래도 그 시절 동네 사람들은 추운 겨울에도 개천에서 빨래를 했다. 다들 그러려니 견뎌냈다.

버스노선도 변변치 않아 동네 사람들은 40분은 족히 걸리는 거리를 하루에도 몇 번씩 왕래해야 했다. 장바구니를 들고 40분이나 걸리는 시장엘 다녀와야 했고 한밤중에 탈이 나도 어쩔 수 없이 40분은 걸어야 약국 문을 두드릴 수가 있었다. 비가 오는 날 개울물이 불어 발을 동동 구르는 일만 빼놓고는 사람들은 불편해도 걷고 또 걸었다.

이 모두 아득한 옛 시절의 이야기다. 어떻게 그 불편을 참고 견뎌왔는지. 요새같이 편안하고 화려한 세상에 지나간 시간이란 빛바랜 흑백사진을 바라보는 추억에 지나지 않는다.

그런데 불안하다. 통화가 길어지면 뜨거워지는 핸드폰이 걱정되고 전자레인지에 데워진 달걀찜을 먹으면서도 영 개운치가 않다. 눈에 보이지 않는 방사능 오염물질이 어디서부터 어디까지 퍼져가고 있는지. 하늘에서 나는 것도 땅에서 솟아나는 것도 바다에서 잡아온 것에서도 의혹의 눈길을 거둘 수가 없게 되었다. 편리한 세상을 만들기 위해서는 세상 어느 부분이 파괴되어 버린다는 걸 외면한 결과인 것인가.

봄볕이 족두리 봉 아래 완연해지면 할머니를 따라 망가진 숟가락을 챙겨 쑥을 캐러 다녔던 그 기억은 추억으로 남겨질 모양이다. 쌀가루에 버무려 냄비에 쪄내던 쑥떡일지라도 이제는 모든 먹을거리가 의심스러운 세상이 되어버렸다. 이럴 줄 알았더라면 불편해도 그냥 참고 살 것을.

62년 만에 돌아온 그들

　김용수, 이갑수 일병이 조국으로 돌아왔다. 그리고 신원이 밝혀지지 않은 10구의 전사자들. 자신의 존재조차 의미가 없어진 세월을 지나서 안일함에 자신의 행복을 기대고 살았던 우리들 앞에 그들이 돌아왔다. 누군가의 아들이었고 누군가의 아버지였을 그들. 마치 다른 전우들의 유해도 꺼내달라는 듯, 전령처럼. 아무도 묻고 싶어 하지 않은 전쟁의 쓴 기억 사이를 헤치고 돌아온 것이다. 영혼이라 해도 기다리다 지쳤을 62년은 적지 않은 세월이다.

　한국전쟁은 오래 전에 끝났다. 휴전이라지만 다시 전쟁이 일어날 거라고 믿는 사람은 없다. 분단의 위기감은 때때로 위협은 되겠지만 또 다시 경험하고 싶어 하지 않은 참혹함이기에 막연하게 평화를 강조한다. 분단의 현실을 강조해도 마음 한 편으로는 저들은 저렇게 살아가고 우리는 이렇게 살면 그만이지 하는 이기적인 생각도 없지 않다. 그렇게 평화가 햇살처럼 내려앉은 시간에 그들이 돌아왔다. 우리는 죽은 전사자의 유해를 찾지 않았는데 그들은 조국의 품으로 돌아온 것이다.

전쟁은 나이를 가리지 않았다. 18살이었던 김용수 일병과 3살 터울의 남매를 둔 34살의 이갑수 일병이 군번을 받자마자 전쟁터로 투입되어야 했던 장진호 전투. 진주만습격 이후에 미군 역사상 최악의 패전으로 기록했던 장진호 전투에서 젊은 육신은 꽃잎처럼 부서지고 물처럼 땅으로 스며들었다. 그들뿐만 아니라 4만 여구, 아니 숫자로 파악할 수 없는 젊은 영혼들이 어느 골짜기와 산천에 그대로 화석이 되어갔고 공중에서 분해됐다.

하지만 돌아온 그들을 위해 할 수 있는 것은 하늘을 향해 21발의 조포를 발사하는 것뿐이다. 그 총포 소리의 깊고 묵직한 파장을 나는 기억한다. 현충원에서 거행됐던 아버지의 안장식 때 들었던 그 총소리. 귀가 아니라 가슴에서 울렸던 소리는 전쟁터에서의 겪었을 서러움이 가슴에서 부서지는 소리였다.

한 시대를 아수라장을 만들었던 한국전쟁이 세월이 흘러 70년을 바라보고 있다. 결코 적지 않은 세월이다. 인생으로 치자면 노년에 해당하는 나이가 아닌가. 지나온 연륜이 빛을 발하고 존경을 받게 되는 시점이기도 하다. 그런데 오랜 세월 동안 땅 속에서 묻혀있을 전사자들의 유해를 찾아 나서지 못한 미온한 대처에 경종을 울리는 일이 생겨났다.

미국정부는 하와이에 합동전쟁포로 실종자 사령부를 두고 장진호 전투에서 전사한 미군 병사들의 유해를 찾아내어 10년 동안 유골과 치아를 감식하고 유전자 검사를 했다. 그 와중에 한국 병사 12명의 유골도 발견된 것이다.

골짜기와 산천을 뒤져서라도 자국 병사의 유해까지도 책임지는 모습은 국가가 보여주는 최고의 성의가 아닌가 여겨진다. 전쟁은 군인만 하는 것이 아니다. 그 가족들에게도 그 고통이 고스란히 전해진다. 총성만 들리지 않을 뿐 전쟁이 훑고 지나간 뒤에 남겨진 질긴 아픔은 전쟁이 끝난 후부터 다시 시작이다. 죽었는지 살았는지 전쟁터에서 돌아오지 않는 자식을 퍼렇게 가슴에 묻어버린 어머니와 아버지들. 전쟁의 상처를 안고 살아가야 하는 군인 유족들을 돌아보는 건 평화유지보다 더 중요한 마무리다.

백인 노병의 한국 방문길

공항 안에 들어서면 나는 묘한 기분에 휩싸인다. 설렘과 아쉬움이 동시에 똑같은 무게로 교차되어서 그런지도 모르겠다. 방금 헤어진 가족들의 모습이 눈에 어른거리지만 때론 설렘이 그 아쉬움을 밀어내기도 한다. 그래도 먼 길을 떠난다는 건 부담감에서 시작하기에 안절부절 안정을 찾지 못할 때가 왕왕 있다. 사람들로 북적거리는 공항의 풍광은 면세점에 진열된 상품처럼 가지런하지 못하다. 다소 들떠 보이는 여행객들의 소란스러움은 어쩔 수 없지만 다양한 사람들을 보는 일은 공항 대합실이 주는 또 다른 재미다.

스무 명 남짓한 백인 할아버지들은 똑같은 모자를 쓰고 대합

실로 들어섰다. 그들에게선 다른 단체 여행에서 볼 수 없는 특별함이 느껴졌다. 어떤 이는 휠체어를 타고 있었지만 대개는 느릿느릿 불편해 보이는 걸음걸이였다. 모두 검은 모자를 쓰고 있었는데 '해병대'라는 노란 자수글씨가 새겨져있었다. 나는 그들이 한국전쟁 때 참전했던 미군이라는 걸 단박에 알아볼 수 있었다. 몇몇 늙은 노장들은 이번 여행길이 마지막이 될 지도 모를 정도로 연로해보였다. 하지만 그들은 마치 소풍을 떠나는 어린이마냥 들떠있었다. 나는 가만히 그분들의 대화에 귀를 기울였다. 한 노인이 옆에 앉은 동료에게 낡은 봉투 속의 사진을 보여주며 말했다.

"그때는 나도 너처럼 날씬 했었어."

중국으로 가는 길이라며 자신을 소개하던 한 백인 젊은이가 그들에게 물었다.

"어디에 가십니까?"

어떤 사진인지 궁금하기는 그 젊은이도 마찬가지였다.

"나는 한국전쟁에 참전했었지. 그래서 지금 한국을 방문하려고 하네."

짐작컨대 아마 그 사진은 한국전에 참전했을 당시에 찍었을 사진이었을 것이다. 나도 그 틈에 참견을 하고 싶었지만 용기가 나질 않아 끝내 입을 열지는 않았다.

한국전쟁은 당시 대통령이었던 트루먼조차 '전쟁'이라는 표

현을 쓰지 않았을 정도로 미국인들에게는 대수롭지 않은 전쟁이
었다. 게다가 제2차 세계대전이 끝나 대부분이 생업에 종사하던
군인들에게 느닷없는 소집은 달갑지 않은 일이기도 했다. '잊혀
진 전쟁'으로 불리기도 했던 한국전쟁은 우수한 무기와 전술로
자신만만하던 미군과 유엔군에게 최악의 장소로 불릴 정도로 3
년 동안 치열하게 이어졌다.

평양부근 운산 전투에서 제8기병연대는 어림잡아 2,400명 가
운데 800명이 전사했고 낙동강 방어전에서는 절박함으로 사투
를 벌여야 했다. 한국전에서 전사한 미군이 대략 33,000명. 부상
자가 105,000명이고 남한군은 415,000명이 사망했으며 429,000
명이 부상을 당했다. 군사기밀상 발표가 되지 않은 북한군과 중
국군의 사망자수는 약150만 명에 이를 것으로 추정하고 있다.

'가장 추운 겨울'이라는 책을 저술한 데이비드 햄버스탬에 의
하면 한국전에 참전했던 용사들은 미국시민들에게 그리 좋은 환
영을 얻지 못했다고 기술하고 있다. 제2차 세계대전에서 누렸
던 영예는커녕 얼마나 용맹하게 싸웠는지 인정조차 받지를 못
했다는 사실에 한국전에서 살아 돌아온 미군병사들은 서운함을
감출 길이 없었을 것이다. 그랬던 그들이 한국정부의 초청을 받
아 방문길에 오르게 되었으니 들뜬 마음을 억제하기란 쉽지 않
은 일이다.

아마 그들은 인천공항에 들어서자마자 놀래고 전쟁의 참상은

어디에도 찾아볼 수 없는 비약적 변화에 입을 다물지 못할 것이다. 노병들은 낯선 동양 여자가 왜 그리 자신들을 물끄러미 바라보고 있을까 의아했겠지만 나는 진심을 다해 마음속으로 읊조렸다.

"감사합니다."

홀대로 빛이 가려진 독립운동

2016년 작정하고 철원행 버스를 탔다. 6월의 더위는 한 여름과 맞먹었다. 3시간 반 거리. 당일치기로 와야 하니 왕복 7시간 걸리는 거리는 쉽게 마음먹을 수 있는 행로는 아니었다. 먼 거리를 혼자 어떻게 가냐는 여든 노모의 노파심을 뒤로하고 나는 강원도 철원 중·고등학교에 세워졌다는 외증조부의 동상을 눈으로 확인하고 싶었다.

교직원에게 물어 더듬더듬 찾은 추모비는 학교 운동장 끝 그늘진 응달에 열일곱 개의 계단 위에 세워져있었다.

'무릇 민족의 굴욕이라는 것은 죽음 보다 더 견디기 어렵고 자유를 찾고 갈구하는 것은 생명보다 더 강한 것이다…'라고 시작하는 애국선열단 추모비문은 1967년 3월 노산 이은상 선생의 글이라고 돌판에 새겨져있었다. 나는 계단 꼭대기에 올라가서 비문 중간에 새겨진 '김철회金喆會'라는 휘자를 확인했다. 외증조할아버지다.

외증조부에 대해 경성지방재판소는 판결일자와 판결문을 다음과 같이 내렸다.

'정치범처벌령 출판법 보안법위반 증회 공갈취재' −1920.12.23−

'조선독립을 목적으로 하는 애국단이라는 비밀 결사를 조직 상해임시정부와 호응 조선독립운동을 하기로 권인채, 안창호, 박건병, 엄세섭, 박화진, 이강, 이시우, 안황, 한용운, 이성춘, 여운형 등과 협의하고 각 도에 동 단의 지부를 설치하려 노력하였고 조선독립운동자금을 모집하는 등 안녕질서를 방해한 자다'라고 사건개요는 밝히고 있다.

당시 대한독립애국단은 각 도에 지부를 설치했는데 그 활동은 임시정부의 선전과 재정담당과 임시정부의 연통부 같은 역할을 담당했었다고 한다. 그중에 강원도지역 활동이 가장 활발해서 '철원애국단'이라는 이름으로 불렸다. 그중에 외조부께서는 철원애국단에서 외교부원을 담당했는데 서울 본부와 연락을 하고 조직 확대에 힘을 쏟다가 일본경찰에 발각되어 3년 옥고를 치르게 되었다.

한약방을 하시던 외증조부는 약값을 싸게 받아서 아침이면 약 지러 오는 사람이 줄을 서서 기다렸다는 게 집안에 전해 내려오는 이야기다. 심성 좋은 가장이 3년이나 감옥 생활을 했으니 집안 식구들이 겪었을 생계의 어려움은 듣지 않아도 빤하다.

외증조부에게는 삼남매가 있었는데 그중 둘째 아들이 나의 외할아버지다. 유독 아버지에 대한 애정이 깊었던 외할아버지는 자신의 아버지의 공적을 상세히 적어 보훈처에 적어냈고 그 기록을 토대로 외증조부는 1963년 대통령표창, 1990년 건국훈장 애족장에 추서되었다.

솔직히 나는 외증조부의 기념물이 동상인지 추모비인지조차 몰랐다. 먹고 사느라. 핑계를 대자면 그런 셈이지만 보상금을 둘러싸고 친척 간에 갈등이 있었던 걸로 나는 기억한다.

안창호 선생이니 한용운, 김구 선생 등 많은 독립운동가의 이름은 술술 외우면서도 다른 사람도 아니고 바로 외증조부께서 독립운동을 했었다는 사실에 대해 감흥을 갖지 못했던 것은 개인의 행적이 역사의 주인이 된다는 동시적 가치를 의식하지 못했던 탓이다. 집안일이라 드러내놓고 밝히기는 부끄럽지만 원래 돈 앞에서는 누구나 치사해질 수 있는 법이니 보상금을 둘러싸고 일어난 갈등이 우리 집만의 일은 아닐 듯싶다.

외조부께서는 조국의 광복을 위해 비밀결사대를 조직하는데 가담하고 독립자금 조달을 위해 백방으로 뛰어다녔는데 후손들이 고작 보상금을 차지하기 위해 외조부의 의기의 만분의 일도 따라가지 못할 과오를 저지르고 만 것이다.

나도 외증조할아버지 추모비를 이제야 찾았으니 뭔 할 말이 있겠느냐마는 지금이라도 역사의 빛을 가리고 있는 무관심의 휘장을 걷어버려야 한다는 다짐으로 묵념을 올렸다.

잔머리로 세상 살기

　도시에 한 남자가 살고 있었다. 일에 쫓겨 늘 분주했고 마음도 여유가 없었다. 삶의 여유를 갖고 싶었던 그는 휴가를 떠나기로 작정했다. 산을 찾기로 한 그는 등산화를 사고 자켓도 구입했다. 그리고 드디어 그는 도시를 탈출해서 기차를 타고 산으로 향했다.

　그가 도착한 곳은 짙푸른 녹음이 우거진 산을 끼고 있는 산골이었다. 그는 팔을 벌리고 숨을 깊게 들여 마셨다. 매연이 가득한 도시의 그것과는 비교도 할 수 없을 정도로 공기는 맑고 상쾌했다. 그는 발걸음을 재촉했다. 한참을 올라가다보니 산비탈에 아주 먹음직스런 산딸기가 피어있는 게 아닌가. 그냥 지날 칠 수가 없었다. 다소 위험해보이긴 했어도 산딸기는 손을 뻗으면 닿을 만큼 가깝게 있었다. 조심스레 다가가 손을 뻗는가 싶었는데 그만 발을 헛디뎌 아래로 구르고 말았다. 새로 산 자켓은 흙투성이가 되고 얼굴과 손은 엉망이 되고 말았다.

그는 손을 씻기 위해 냇가를 찾았다. 손을 씻으려고 보니 맑은 물 아래 작은 물고기들이 떼를 지어 다니는 게 아닌가? 남자는 얼른 배낭에서 그릇을 꺼내 물고기들을 잡기 시작했다. 한 나절을 잡으니 제법 한 끼 식사로 충분할 것 같았다.

남자는 산 입구에 자리 잡은 작은 식당엘 가서 양념을 얻어 찌개를 끓이는데 마침 자동차 한 대가 식당 마당으로 들어왔다. 남자는 차에서 내리는 사내에게 "어디로 가십니까?"하고 물었다. 그 사내는 바로 남자가 살고 있는 도시로 간다고 대답을 했다.

"아! 그러세요. 저도 그 도시에 사는데 같은 방향이니 제가 공짜로 좀 신세를 져도 되겠습니까?"

사내는 흔쾌히 그러라고 승낙을 했다. 남자는 찌개그릇을 대충 배낭 안에 넣고 얼른 차안에 올라타서 집으로 돌아갔다. 결국 남자는 산에 올라가지 못했다.

산에 오르려고 했던 남자는 순간적인 판단은 옳았다. 산딸기를 봤을 땐 먹고 싶다는 생각을 했을 것이고 물고기를 봤을 때는 잡고 싶은 욕망이 드는 건 당연한 일이다. 더군다나 편안하게 남이 운전하는 차를 공짜로 탈 수 있으니 얼마나 선택을 잘 한 것인가. 집 현관 앞에 도착해서야 산에는 오르지 못했던 자신의 어리석음을 발견하겠지만.

이 이야기는 법륜 스님의 즉문즉설에 나왔던 이야기다. 순간의 선택을 잘하는 것을 좋게 말해선 똑똑한 거고 나쁘게 말해선 잔머리다. 비즈니스 용어로는 배팅이라고 하던가. 잔머리는 현대를 살아가는데 없어서는 안 될 임기응변이기도 하다. 경쟁사회를 살아가는 요즈음 같은 세상에 기회포착을 잘하는 사람은 능력가에 속할지도 모른다.

잔머리는 절대 남을 배려하지 않는다. 자신의 이익이 우선인데 남을 생각할 여유는 일어날 수 없다. 능력 있는 사람들이 많이 모인 곳에는 잔머리도 상수로 발휘된다. 자신이 생존하기 위해서는 남을 헐뜯는 건 당연한 일이기에 모함과 험담은 필수다.

하지만 잔머리로 찬스는 잘 잡을지 모르지만 잔머리를 많이 굴리는 사람 곁에는 결국 사람들이 꼬이지 않는다. 왜냐면 잔머리의 뒤끝은 유쾌하지 않다. 뒤돌아서면 알아차릴 것이다. 잔머리에 자신이 이용당했다는 것을.

'놀던 그때'가 그립다

'오늘 나는…'

초등학교 시절 방학숙제였던 일기의 첫 대목은 한 결 같았다. 놀기에 바빴던 나는 개학을 일주일 앞두고 얼렁뚱땅 숙제를 해치워야 했다. 그런데 참외의 꿀맛처럼 달기만 했던 지난 방학동안 난 뭘 했던 것인지 도통 기억이 나질 않는 것이다.

뭘 했지? 뭉텅 시간을 도둑을 맞은 것 같았다.

아침 먹고 놀고, 저녁 먹고 놀고. 또 아침이 되면 나가서 놀고. 무심코 돌멩이를 들춰내어 벌레들을 발견하고 우연히 길가에 핀 작은 꽃들과 시선을 마주치는 일은 숙제고 뭐고 하루 종일 집밖을 쏘다니게 만들었다. 때론 방바닥에 누워 천장에 있는 멀뚱멀뚱 벽지의 패턴을 쳐다보곤 했었다. 무늬의 어디가 처음이고 나중이지? 세고 또 세고. 빈둥거리다 스르륵 잠이 들곤 했다.

하지만 방학 내내 맘 편히 놀기만 했던 것은 아니었다. 이따금씩 방학숙제가 있음을 떠올렸고 그래도 내일이 있음에 위안을 삼았다. '내일 해야지.' 그 내일이 마침내 코앞에 닥치고 말았다. 그래서 허둥지둥 거짓말로 가지도 않은 박물관을 다녀오고 하지도 않은 선행을 했다고 일기를 꾸며대었다. 불행하게도 어느 순간부터였는지 나는 논다는 것에 대해 일종의 죄책감마저 갖고 있었다. 그건 아마도 공부를 해야 한다는 압박감 때문에 생겨난 부정적인 감정이었을 것이다.

논다는 건 여러 가지 의미가 있다. 일할 나이에 집에서 논다고 하면 백수를 뜻하는 것이고 학창시절 놀았다고 하다면 불량학생을 의미한다. 어느 틈엔가 노는 건 좋지 않은 행위로 인식되어왔지만 노는 일은 상상력을 키워준다. 꼬물거리며 노는 일은 예술행위의 실험판이다. 전기가 나간 방안에 누워 희미한 촛불에 의지해서 손가락으로 개와 새를 만들어내고 낄낄 거리며 즐거웠던 것이 예술작품의 한 분야라는 걸 상상이나 했겠는가. 전 세계 민족에게 널리 퍼져있는 그림자 연극도 따지고 보며 아이들 놀이에서 시작되었다.

마블링 기법이라는 전문용어는 모르지만 물감을 종이에 쭉쭉 짜고 눌러 펼치고 노는 일도 얼마나 신이 나던지. 또한 신문지를 접어 가위로 사각사각 오려내어 펼치면 생각지도 못했던 문양이 나타났다. 그 문양은 또한 얼마나 아름답던지. 그 실루엣을 응용해서 동화 연극을 만들었던 사람이 안델르센이다. 또 프랑스의 화가 앙리 마티스는 자신은 붓 대신 가위로 그림을 그린다고 했다. 결국 그는 수많은 시행착오를 거쳐 색종이 오려붙이기를 추상의 수준으로 끌어올렸다. 어쩌면 어른들의 상상력이라는 건 어린 시절의 그리움에서 비롯된 일인지도 모르겠다.

놀이는 놀고 나면 그뿐이다. 해가 지면 모래밭에 아무리 멋진 성을 쌓았어도 툭툭 털고 집으로 가야 한다. 다음 날이 되면 전날의 놀았던 기억은 까맣게 잊고 또 다른 놀이를 찾아 열중한다.

하지만 지금의 놀이는 예전과는 다르다. 놀이도 학습의 연장으로 이어져 사뭇 결과적이고 의도적이다. 그래서 그런가. 요즘 아이들에게서는 자연과 온몸으로 부딪혔던 그 시절의 냄새는 풍기지 않는다. 놀기는커녕 할 일이 없으면 괜히 불안해지는 시대에 살고 있어서 그런지 '무궁화 꽃이 피었습니다'를 외치던 소리가 귀에 쟁쟁하게 들리던 골목놀이가 그립다.

돈 없이도 살 수 있는 세상

집안을 차지하고 있는 물건들은 온통 생명력이 없는 것들뿐이다. 다행히도 화초 한 그루 없는 거실에 노란 해바라기 꽃이 까만 씨를 잔뜩 배고 활짝 피었다. 물론 그것도 달력 사진에 불과하지만.

전화기, 텔레비전, 그리고 컴퓨터를 포함한 형태를 입은 모든 제품들에게 '왜 있는 가.' 그 존재자체를 묻는 건 우문이다. 모두가 이제는 '없으면…' 당장 아쉬울 것들이다. 잡다하게 집안에 물건들이 수북한데도 상업광고를 보면 사고 싶은 충동에 휩싸이니 이쯤 되면 물질의 지배를 받고 산다고 해도 틀린 말은 아니다.

물질에 대한 욕구를 혐오하면서도 철 바뀌면 쇼핑센터를 한 바퀴 돌며 티셔츠라도 한 개 집어 들어야 가슴이 후련해지는 건 아무래도 내가 물질에 중독된 듯싶다. 그래서 괴롭다. 사고 싶은 물건들이 우르르 쏟아져 나올 때마다 소유욕을 억제 하지 못하고 덜컥 카드를 긁거나 아니면 충동구매를 억누를 수 있는 절제력은 차라리 고통이다.

사람들은 행복이 돈이나 명예에 있지 않다는 사실을 잘 안다. 최소한 조금이라도 의식적으로 깨어있다면 행복은 결코 외부에서 얻어지는 것이 아니라는 것쯤은 머리로는 잘 이해하고 있다. 그런데 갖고 싶은 물건들이 쏟아지니 머리로 아는 상식은 있으나마나다.

'성공한 사람은 위대한 영적 깨달음을 아는 사람이다'라고 말한 미국 정치가인 프렌티스 멀포드의 한 마디가 마음에 꽂히기 전까지는 나는 성공의 의미는커녕 물질마저도 숭배의 대상이었는지도 모른다.

누군가 지구에서 살아가기에 가장 두려운 것이 무엇이냐고 내게 묻는다면 나는 단연코 '돈이 없는 것!'이라고 외쳤을 것이다. 돈 없으면 한 발짝도 바깥으로 나갈 수 없는 자본주의 시스템은 또 한 편으로는 돈만 있으면 뭐든지 해결해줄 것 같은 착각에 들게 한다. 때론 그 허영을 은근히 즐기기도 하는데.

그 허영 중에 하나가 비행기 타기다.
비행기를 타면 괜히 우쭐해진다. 승무원들의 세련된 서비스와 함께 앙증맞은 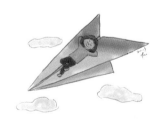 그릇에 담긴 기내식을 먹을 때면 마치 어린 왕자가 사는 별나라에 온 것 같다. 이 거대한 고철덩어리가 어떻게 하늘을

날 수가 있는 건지. 누군가의 구상과 실험이 없었다면 비행하는 동안에 앞좌석에 장착된 스크린으로 영화를 보는 일은 꿈도 꿀 수 없었을 것이다.

그러고 보니 지금 내가 소지하고 있는 모든 물건들은 누군가의 머릿속에서 나온 것들이다. 쌍안경으로 새의 날갯짓을 관찰해서 비행기의 글라이더를 설계했던 라이트 형제뿐만 아니라 모든 건축물과 손에 쥐고 사용하는 펜까지 형상 이전에 생각이 먼저 있었다.

생각이 흘러서 어디로 향하는지 안다면 돈 없어도 세상을 살아가는 길은 아주 간단하다. 돈이 있어야 존재하는 소유욕을 꿈꿀 게 아니라 돈이 없어도 행복할 수 있다는 역발상을 해본다. 이 세상이 아름다운 생각만으로 변화될 수 있다는 창조의 원리는 정말로 희망적이지 않은가. 가슴으로 마음껏 이상을 스케치해본다.

명함 속의 또 다른 '나'

내 가방 안에는 내 이름 석 자가 새겨진 명함이 들어있다. 외출하기 전에는 명함이 제대로 있는지 꼭 확인한다. 이렇게 내가 명함을 챙기는 이유야 뻔하다. 이렇다하게 번지르르한 직책도 없는 내가 명함을 내미는 건 '나 좀 알아 달라'는 유치한 응석이 포함되어있는 것이다.

2인치×3.5인치 크기의 네모난 종이. 명함은 그 사람을 설명해준다. 하지만 만약에 누군가 '나'와 명함에 새겨진 '권소희'는 같은 사람이냐고 짓궂게 묻는다면 아마도 나는 건넨 명함을 도로 빼앗아 가방 안에 집어넣고 냅다 도망칠지도 모른다. 들키고 싶지 않은 모습이 더 많기 때문이다. 보여지는 내가 나의 전부는 아니기 때문이다.

나도 남들에게서 받은 명함이 있다. 엠보싱이 들어간 명함이나 은박 로고가 들어있는 명함일수록 함부로 대하지 않게 된다. 명함 한 장으로 그 사람의 전부를 판단하는 건 무리겠지만 명함에서 제작비용이 많이 들어갔음이 느껴지면 소중하게 다뤄지게 되고 곱게 명함철에 꽂아놓게 된다.

어쩌면 나는 오해를 간직하고 있는지도 모르겠다. 그 고급명함의 주인공도 내가 모르는 다른 면이 있을 테니까.

나의 주관적인 판단으로 상대방을 기억하는 것만큼 위험한 일이 또 있을까. 그래서 나는 가끔 깊은 혼란에 빠질 때가 있다. 내가 안다고 여겼던 것들에 대해서 의심이 밀려오거나 앎이 실제와는 전혀 딴판이라는 것이 밝혀질 때다.

그때의 당혹감이란. 하지만 더 곤혹스러운 건 진실이 드러났음에도 내가 믿어왔던 것만을 고집할 때다. 더 솔직하게 고백하자면 나는 진실을 알고 싶은 게 아니고 내가 만든 형상에 갇혀 벗어나기 싫은 것이다.

근거 없는 나의 확고한 믿음 때문에 진실을 보고도 믿지 못한다면 나의 믿음이라는 건 억지에 지나지 않는다. 이 얼마나 어리석은 지식이고 허무한 관념인가.

'선생은 올곧아야 하고, 성직자는 저러면 안 되고….'

나는 내가 만든 틀 안에 무수히 많은 사람들을 가둬놓고 판단의 잣대를 들이댔다. 잘 알지도 못하면서 나쁜 사람으로 만들어버리거나 부도덕한 인물로 둔갑시켜버렸다. 오해를 하는 건 상대방한테 문제가 있는 것이 아니고 내가 만든 허상 때문에 일어나는 일이라는 것도 모르고 말이다. 상대방과는 전혀 관련도 없는데 내가 지은 실체를 갖고 나 혼자 흥분하고 열을 냈으니 그저 한심할 따름이다.

명함 속에 새겨진 내 이름 석 자는 나의 본질은 아니다. 그건 나를 보여주는 것이 아니고 내가 생각하고 싶은 나 자신을 드러내는 일일 것이다. 남에게 나를 과시한다는 것, 그것은 남에게 관심을 끌기위한 보상심리 그 이상도 그 이하도 아니다.

내가 만든 상像에 갇힌 나는, 나를 찾고 싶다.

묘지 위에서 뛰노는 아이들

삶과 죽음. 사랑만큼이나 흔하디흔한 단어이다. 하지만 그것 말고는 인생을 표현할 만족스런 어휘도 없다. 어찌 보면 전혀 다른 세계의 이야기인 것 같지만 삶과 죽음은 동전의 양면과 같은 관계다. 죽음은 출생과 더불어 시작된다는 표현이나, 탄생은 죽음을 향해가는 시간표라는 말이나 모두 유한성을 달리 서술한 표현이다.

나는 호주에 있는 애쉬필드라는 동네에서 살았던 적이 있다. 한때는 차가 없어 기차를 타고 다녔는데 역에서 내려 집까지 가려면 공원 한 가운데를 가로질러야 했다. 그런데 공원 양 옆으로 한 쪽에는 장로교회 건물이, 그 반대편에는 백년이 넘은 묘지가 서로 마주했다.

인적이 드문 공원. 우중충한 이끼가 낀 비석이 새워진 묘지 곁을 지날 때면 뒷목이 뻣뻣해져서 나도 모르게 잰걸음이 됐다. 묘지가 주택가에 있다는 건 도무지 이해하기 어려웠다.

큰 딸아이가 다섯 살이 되어 그 공원 안에 있는 장로교회부설 유치원에 다니게 되었다. 유치원도 교회건물과 마찬가지로 묘지와 마주하고 있었다. 아이들은 음산한 비석을 바라보고 놀이터에서 미끄럼을 타고 오후가 되면 묘지를 거쳐 집으로 귀가했다. 하지만 아무도 그 묘지가 무섭다고 떼를 쓰거나 징징거리질 않았다. 마치 꽃을 보듯 묘지를 대했다. 공포라는 선입견도 없이 죽음을 이해하는 듯 했다. 한국에서는 뒷산에 가서 우연히 무덤이라도 발견하게 되면 기겁을 하고 식은땀을 흘렸던 내 어린 시절하고는 전혀 딴판이었다.

미국의 경우는 죽음을 미화하는 데 더 적극적이다. 시신을 병풍으로 가려놓은 우리네의 장례식과는 사뭇 다르다. 시신에게 정장을 입혀놓고 얼굴에 아이새도우며 볼터치로 화장을 해서 활짝 관 뚜껑을 열어 놓는다. 참석자들은 꽃 한 송이씩을 준비해 잠자듯 누워있는 시신 위에 놓아주는 의식으로 입관식은 마무리된다. 그 광경으로 미뤄봐서는 귀신은 절대로 존재하지 않을 것만 같다. 또 묘지는 어떤가. 로스앤젤레스에 있는 힐 묘지는 이름처럼 온통 초록빛 잔디가 카펫처럼 깔려있고 비석 앞에는 원색의 화려한 꽃들로 현란하게 꽂혀있다. 도무지 묘지인지 꽃동산인지 분간이 되질 않는다.

우리의 정서는 죽음은 받아들이기 싫은 슬픔이어서 애곡으로 격렬하게 표현된다. 산자는 죽은 자에 대해 비통함을 온몸으로 보여주는 것을 최상의 애도라고 생각했다. 옛날에는 돈을 받고 대신 곡哭을 해주는 직업도 있었다니 그 표현의 정도를 짐작케 한다.

서양인들은 죽음에 대해 슬픔을 포장해서 감추는 반면 우리는 한恨으로 슬픔을 표현한다. 어떤 것이 옳은가 논하는 것은 우문이다. 우리는 우리 정서대로 표현할 뿐이다.

어제의 고민을 툭툭 털어버리는 것도 삶의 표현이고 질척대는 우유부단함도 삶의 다른 표현이다. 어떤 이는 슬픔에 집착하고 어떤 이는 쉽게 슬픔을 잊는다. 살아가는 방법은 자신이 선택할 문제겠지만 기쁨과 슬픔도 동전의 양면 같은 관계라는 것을 이해한다면 슬픔에서 쉽게 빠져나올 수 있으리라. 죽음을 겪은 슬픔이 기쁨이 될 수 없겠지만 기쁨은 슬픔 끝에 놓여야 드라마틱하게 된다.

행복은 유한한 인간을 위로하기 위해 만든 창조자의 선물이다. 그 행복을 느끼기 위해서는 때론 슬픔이 도구로 사용될 수도 있음을 알아야 한다. 고난을 이긴 기쁨이라야 행복으로 전해지는 감정도 크다.

행복에 이르는 길은 아주 간단하다. 값비싼 대가를 따로 지불할 필요도 없다. 행복은 소박하게 우리 곁에 늘 있어왔고, 지금도 바로 옆에 있다.

사랑한다는 말 한 마디에, 미안하다는 눈물 한 방울 속에.

문화가 정체성을 만든다

'나는 한국인이다.'

미국 땅에서 태어난 자녀에겐 뭔가 어색한 고백이다. 그렇다고 '나는 미국인이다'라고 외쳐도 미묘한 혼란에서 벗어날 길이 없다. 그동안 미주에 사는 자녀들에게 뿌리교육을 시키기 위해 한국 문화를 소개하는 행사들은 끊이지 않고 있어왔다. 하지만 그것만으로는 충분하지 않다. 한인이라는 정체성은 탈춤을 배우고 한글 몇 마디 깨우친다고 확립되지 않는다.

정체성은 자긍심이 자극받을 때 형성이 된다. 자부심이 들면 저절로 한글이 배우고 싶고 한국역사가 궁금해지게 되는 법이다. 또 자긍심은 스스로 생겨나기도 하지만 은연중에 주입되기도 한다. 미국이 문화에 막대한 지원을 아끼지 않는 이유가 그것이다. 미국은 패전국이면서도 영화를 통한 문화 사업으로 기대 이상의 효과를 보고 있다. 세계 각국 사람들은 헐리우드 영화를 보며 미국의 문화에 동화되거나 우월하다고 긍정적으로 받아들이게 된다. 영화를 통한 문화전략은 대성공이다.

미국의 영화들은 극히 미국적이다. 미국에서 만들어진 영화는 미국을 제외한 주변국은 동화를 시키거나 파괴를 해야 할 대상으로 그려진다. 007시리즈를 비롯해서 슈퍼맨, 배트맨, 스파이더맨 그리고 최근에 상영했던 아이언맨까지 '맨'으로 끝나는 이름을 지닌 미국영화들은 모두 은근히 미국의 힘을 과시하거나 그렇게 보여지도록 제작되었다.

또한 이 영화들은 모두 가족영화라는데 공통점이 있다. 아이들과 어른들은 팝콘을 먹으며 실버스터 스탤론의 근육을 흠모하고 특수 장비를 몸에 부착하고 하늘을 나는 아이언맨에 눈을 뗄 줄을 모른다.

헐리우드 영화중에는 전쟁을 소재로 하는 영화가 많다. 람보는 베트남전을, 로버트 다우니 주니어가 주연한 아이언맨은 아프카니스탄 지역이 배경이다.

베트남전은 당시 주월 미군 사령관이었던 하킨스 대장이 맥나라마 장관에게 '6개월이면 해치울 수 있다'고 호언장담했던 전쟁이었다. 하지만 전쟁은 그리 만만치 않았다. 약소하고 열악했던 베트남인들은 정글 속에서 혼신을 다해 맞섰다. 결국 미국은 일방적으로 주월 미군을 철수시켰다. 패전이라는 불명예를 달지 않고 정글을 빠져나오는 방법이기도 했다.

하지만 영화 '람보'를 보고 있노라면 미국은 전쟁에 실패한 패전국이라는 생각은 전혀 들지 않는다. 오히려 람보 풍의 옷이 유행하고 1985년에는 매사추세츠 주 그린 필드에 있는 람보 스타일의 나이트클럽에는 매일 밤 약 1,200명의 사람들이 몰렸다고 한다. 뿐만 아니라 베트남전에 사용했던 헬리콥터 모형과 람보 인형은 인기리에 팔리는 캐릭터 상품이 됐다.

문화의 기초 작업은 그 시대의 이야기에서부터 출발한다. 즉 이민자의 삶이 곧 정체성이고 문화다. 역사는 과거의 이야기이지만 문화는 현재로부터 과거로 거슬러 올라가는 과정을 담는 이야기다.

뿌리를 찾기 위한 다채로운 문화행사도 중요하다. 한국인의 혈통을 이어받았다는 자긍심이 한 두 번의 행사로 생겨날 수 없다. 이민 역사에 대해 깊은 연민이나 감사의 마음을 갖도록 의도적이고 체계적으로 유도해야 한다. 이민자로 살아가는 어른들의 삶에서 존경심을 느끼지 못하면 이민 2세들은 등을 돌릴 것이다. 이민자로 일군 성공이 자기만족의 한계에 머문다면 '한국인'이라고 말하기를 꺼려할지도 모른다.

군에 입대하는 스티브의 '선택'

스티브, 그의 나이가 서른다섯인지 서른여섯인지 확실치 않다. 뿐만 아니라 그의 한국 이름이 창수인지 철수인지도 잘 모른다. 우리 모두는 그를 '스티브'라고 불렀고 그는 내게 미국에 온지 2년째라고 했다.

"미국에 언제 왔어요?"

어느 때부터인가 나는 처음 만나는 사람에게 언제부터 미국에서 살게 되었는지 묻는 버릇이 생겼다. 성공적으로 미국에 정착을 했는지 못했는지를 따져보는데 세월만큼 좋은 판단기준은 없기 때문이다.

그런데 한국에 온지 2년밖에 안 되는 스티브가 우리 곁을 떠나게 되었다. 미군에 입대를 한단다. 느닷없는. 분명 우리에겐 느닷없는 소식이었다. 그의 결단에 '왜?'라는 질문은 너무 버거울 것 같아 물어보는 것도 조심스러웠다. 이미 하루에도 몇 번씩 고민과 갈등 사이를 왕래하며 수만 번 되씹고 되짚었을 선택이었을 테니.

나이가 많아서 턱걸이로 입대하게 되었다지만 그나마 미군에 지원할 수 있는 자격이 있으니 남들보다는 낫다고 해야 하는지. 그래도 그렇지 서른이 넘었으면 군대에 입대하기엔 나이가 많은 게 아닌가? 게다가 이미 한국에서 현역으로 병역의 의무를 다했다는데….

가족들은? 우리 모두는 그의 딸린 식구들에 관심을 두며 그의 심중을 살폈다. 당분간 아내와 두 딸은 학교 때문에 LA에 머물기로 했다는 말에. 그렇지, 그건 잘한 선택이야. 다들 한 마디씩 거들었지만 그게 잘한 선택인지 어쩐지는 우리는 잘 모른다.

가족들과 합쳐야 한다는 의견과 떨어져 살아도 괜찮다는 위로는 사실 결말 없는 훈수에 불과했다. 이것이 옳다고 손을 번쩍 들어주기엔 삶은 너무 많은 변수들이 복병처럼 숨겨져 있지 않은가. 아무리 머리를 굴리고 재도, 인생이라는 거대한 땅덩어리는 누구라도 실수로 헛발질을 하거나 한 번쯤은 구멍에 빠져서 허우적거리는 경험을 갖기 마련이다.

나야말로 돌이켜보니 지나간 순간마다 충분조건은 없었다. 이걸 생각하면 저게 걸리고 저걸 선택하자니 이게 또 부족했다. 늘 한 치가 모자라서 아예 시도조차 못하고 포기하거나 미적미적거리다 때를 놓치며 살아온 나였다. 그런 내 처지에 비교한다면 스티브는 용감한 남자였다. 그리고 군대에 지원하는 선택이 말처럼 간단하고 단순한 문제였었겠는가. 그래도 그는 봄날에 나타났다가 홀연히 사라진 나비처럼 가뿐하게 우리 곁을 떠났다.

그리고 얼마 후. 훈련소 입대를 앞둔 그에게서 전화가 걸려왔다. 예상하지 않았던 그의 전화는 군대 간다는 통보만큼이나 느닷없었다. 그래서 아직도 LA에 있는 건지 아니면 벌써 버지니아에 있는 훈련소에 간 건지 물어볼 경황도 없었다. 하긴 그게 중요한 질문은 아니었다. 영화 속 대사처럼 멋진 말을 해주고 싶었는데 메마른 머릿속에 잘 다녀오라는 말만 떠올랐다. 이민자가 아니었다면 굳이 미군을 선택할 이유는 없을 스티브에게 해줄 마땅한 위로의 말은 없었다.

스티브는 모를 테지. 슬픈 영화를 본 것도 아닌데 가슴이 묵직하고, 콧등이 시큰해졌다는 것을. 더 길게 말했다가는 눈물을 흘릴 것 같아서 황급히 전화를 끊었다는 사실은 아마도 모를 거야.

미스 코리아 진을 키운 엄마

강북 변두리 산을 끼고 지어진 홍은3동에 있는 작은 아파트 단지에 살았던 적이 있다. 그곳에서 딸 셋 가진 엄마를 만났는데 그이는 102동에, 나는 103동에 살았다. 같은 또래의 딸 둘을 가진 나는 자연스레 그이와 왕래가 잦아졌다. 게다가 그 집 식구는 미국에서 살다 들어 왔고 우리도 8년 동안 외국생활을 했던 터라 대화의 물꼬는 쉽게 터졌다. 차이가 있다면 우리는 패잔병처럼 유학생활을 접고 시댁에 비빌 요량으로 한국에 들어갔던 거고 그이는 남편의 사업 때문에 잠시 한국에 체류 중이었다.

102동과 103동의 거리는 어찌나 가까운지. 아이들은 아이들대로 어울려 아파트 상가 내에 있는 코딱지만 한 피아노학원과 미술학원을 오고 갔고 그이와 나는 커피 서너 잔은 마셔야 헤어

졌다. 우리는 아파트 베란다 창문 너머로 화들짝 피었다 시들어

가는 개나리를 바라보며 인생은 애쓴다고 될 일이 아니라며 긴장 풀린 뱃살처럼 마음을 내려놓았다.

그리고 4년 후 우리 식구는 이민 보따리를 꾸려 미국으로 들어왔고 그이도 다시 미국에서 잠시 머물다가 공장 건설 관계로 중국 상하이로 이사를 갔다. 그리고 얼마 후.

옴마야. 이게 누구야?

그이의 둘째 딸이 2010년도 미스코리아 진으로 뽑힌 것이다. 어릴 때도 그리 예쁘더니만 한 눈에 그이의 작은 딸임을 알아볼 수 있었다. 파란색 수영복에 왕관을 쓰고 있는 사진을 보며 나는 그이의 선한 마음을 떠올렸다.

자식을 잘 키워보겠다는 부모의 기대는 어느 부모나 마찬가지일 것이다. 하지만 그이의 정성은 여느 부모의 호들갑과는 조금 달랐다. 말은 쉽지만 실천하기 어려운 교육 중의 하나가 말 배우는 아이들에게 책 읽어주기다. 그런데 그이는 딸들에게 동화전집 50권 이상을 읽어주었다. 그 덕에 그이의 큰딸은 어릴 적부터 일기를 쓰는 문장력이 심상치 않았었다. 그 큰딸이 성장해서 지금 UCLA를 졸업하고 한국에 있는 로스쿨 과정에 다니고 있는 건 당연한 결과다.

그리고 밥을 잘 안 먹는다며 멸치 담은 그릇을 들고 다니며 아이들의 입에 집어 넣어주었다. 그러더니 결국 빼어난 용모에 덧붙여 친자연적인 모성애가 가미된 멸치의 힘은 노력만으로는 차지할 수 없는 대한민국 최고 미인의 자리에 작은 딸을 앉혀 놓았다.

그이와 나는 동네에서 오가다 만났으니 수다처럼 흐지부지 끝날 수도 있는 관계이기도 했다. 그이가 소유하고 있는 재산의 규모는 생각하기에 따라서는 거리감을 줄 수 있었기에 그이가 조금이라도 부를 과시를 하거나 유난을 떨었다면 일찌감치 절단이 났을지도 모른다.

하지만 내가 그이와의 교분을 지금까지 유지하고 있는 데는 그만한 이유가 있다. 한 번은 우리 동 아파트 엘리베이터가 고장이 나서 작동이 되질 않았다. 그런데 그날 그이가 16층에 사는 우리 집까지 걸어 올라온 것이다. 그것도 빈손이 아니고 쌀자루를 들고서. 시골에서 농사짓는 친척이 갖고 왔다며 나눠먹자고 내게 쌀자루를 내밀었다. 난 아직도 무거운 쌀자루를 들고 현관 앞에 서있던 그이의 모습을 잊을 수가 없다.

흔히 우리는 돈이 많은 사람을 부자라고 부른다. 하지만 돈은 부의 일부분일 수는 있지만 부의 전부라곤 할 수 없다. 돈을 좇아가다 보면 많이 모을 수 있으나 그것만으로 부자라곤 할 수 없다. 악착같이 모을 줄만 알지 생전 쓸 줄도, 베풀 줄도 모르는 사람은 부자가 아닌 것이다. 부는 돈의 유무로 정해지는 것이 아니라 마음의 그림자로 드러나는 일이기에.

사라져야 할 문화적 텃세

아주 오래전에 화랑에서 일한 적이 있다. 그 화랑 주인이 인사동 선 화랑과 인척 관계여서 나는 가끔 선 화랑에도 심부름을 가곤 했다. 그림을 취급하는 일은 공부와는 다른 재미를 주었다. 황규백 씨의 판화를 처음 접한 때가 그때였고 어색한 걸음으로 화랑 안을 쭈볏거리는 사람들을 관심 있게 보던 때도 그때였다.

그중에 유독 내 눈을 사로잡는 그림이 있었다. 성은 강 씨인 것만은 확실한데 화가 이름은 아삼삼하다. 보라색과 오렌지색의 채색은 인상파 그림보다도 더 몽환적이고 신비스러웠다. 화랑 주인은 그 그림을 볼 때마다 안타깝다고 혀를 찼다. 그 이유는 프랑스 화단에서는 상도 많이 타고 이름을 날리는 한인 작가인데 한국에서는 텃세 때문에 인정을 받고 있지 못하다는 것이다. 그때는 내가 외국은 나가본 적도 없었으니 그게 무슨 뜻인지 무심코 들었다.

얼마 후 나는 그곳을 그만두고 동네 초등학교 앞에 있는 학원에서 미술 강사로 일하게 되었다. 피아노와 미술을 동시에 가르치는 학원이었는데 나와 같이 일했던 피아노 강사는 이탈리아에 유학을 다녀온 유학파였다. 국제촌뜨기나 다름없는 나는 유학을 다녀온 그녀가 부러웠다. 그런데 이태리까지 다녀온 인재가 동네 학원에서 피아노를 가르친다는 게 상식적으로 이해가 가지 않았다. 그래서 "애써 학위를 따갖고 와서 왜 꼬맹이들을 가르치는 학원에서 일을 하냐"고 물었다. 그랬더니 그녀의 대답은 간단했다. 서울에 있는 대학은 커녕 지방대에도 강사자리조차 얻을 수가 없단다. '텃세 때문에.'

지금 나는 한국이 아니고 미국에 살고 있으니 사정이 바뀐 셈이다. 이곳의 미술이나 음악 분야는 사정이 어떤지 모르겠다. 텃세를 부리는 위치에 있는 것인지 텃세에 눌려 있는지.

아마도 다른 예술 분야보다 텃세가 심한 게 문학 분야가 아닌가 생각을 한다. 왜냐면 한국어는 다른 문화가 섞일 수 없는 지극히 한국적인 도구이기 때문이다. 그 도구의 원산지는 한국이기에 한국이 아닌 곳에서의 작품 활동이라는 건 여건도 불충분하고 그 내용도 부실하기 마련이다. 늘 본국에서 퍼다 나른 이론과 형식을 배우기에 급급해서 독창적이기보다는 흉내 내는 수

준으로 끝난다.

타국에서의 한국문학이란 한국에서 파생된, 말하자면 본국의 입장에서 본다면 변방에서 활동하는 소규모 집단에서 생성된 문화의 산물이라고 볼 수 있다.

한국에서는 '재미'라는 접두어를 붙여 '재미작가'라는 별도의 카테고리로 취급한다. 변방 사람들이 하는 활동이라 함량이 떨어진다고 별도로 취급하는 건지 아니면 정말로 특별대우를 하는 건지는 잘 모르겠다. 궁금한 건 영어로 문학 활동을 하는 1.5세나 2세 같은 작가인 경우는 뭐라고 부를 것인가. 한국 사람이라고 해서 그들에게도 재미작가라는 타이틀을 붙일 수 있는 것인가? 그런 명칭이 붙는다면 기분이 어떨지 기회가 된다면 물어보고 싶다.

솔직히 나 개인적으로는 재미작가라는 타이틀을 별로 좋아하지 않는다. 굳이 재미작가라는 호칭이 필요한 것인가. 미국에 살고 있다는 것을 구분하기 위해서라면 할 말은 없지만 그 내면에 차별이 숨겨져 있다면 썩 기분 좋은 일은 아니다.

이민자는 불분명한 경계에서 살아가는 사람들이다. 이민자들이 시작하는 이 아침의 이야기, 그 하루는 분명 독특한 삶의 문양이고 텃세인 것은 맞는 말이다.

새해엔 계획 없이 산다

결단, 다짐, 결의, 각오 따위의 낭만 없는 단어들을 사용하는 새해가 시작되었다. 작년에 못 이룬 계획이 있다면 더 비장한 마음이 되는 것도 새해다. 그런데 계획은 세우는 시작부터 마음을 무겁게 한다. 자기반성은 필연적으로 따라오고 절제와 인내가 뒤따라야 하니 즐거움이 있을 리 없다. 솔직히 마음 한구석에는 이미 이루지 못할 것도 알고 있다.

'…하지 말아야지' 하는 결심을 실행에 옮길 수 있다면 얼마나 좋겠는가. 게다가 오래 묵은 습관은 쉽사리 고쳐지지 않는다. 하지 말아야 한다고 마음속에 열두 번도 더 작정을 해보지만 쉽지 않은 일이다. 미루고 싶은 게으름과 쉬고 싶은 나태함은 세운 계획을 엉망진창으로 만들어버리기 일쑤였다.

또한 '…해야지' 하고 마음을 다잡아보지만 머릿속에서만 맴돌 뿐이다. 내일이 있다는 핑계는 또 얼마나 편리한지. 피곤하다는 핑곗거리는 달콤한 초콜릿처럼 나를 유혹한다. 좋은 줄은 아는데 그것을 성취하기엔 너무 많은 구실이 나를 잡아당긴다. 결국 하겠다고 마음을 먹는 것도, 하지 말아야지 하는 결심도 작심삼일로 끝나기를 이미 여러 차례.

해마다 연말이 되면 나약하다고 나 자신을 책망했다가 새해가 되면 또 거창한 계획을 세우기를 반복하니 이보다 어리석은 일이 또 있을까?

'해야겠다'고 결심하는 것은 하고 싶지 않은 마음이 무의식 속에 깔려있는 것이다. 반면에 '하지 말아야겠다' 하는 것은 하고 싶다는 집착이 마음 밑바닥에 깔려 있음을 뜻한다. 또한 하고 싶지 않은 것을 억지로 실행하는 것도 괴로운 일이고 하고 싶은 일을 하지 못하는 건 더 큰 갈등이다. 크든 작든 계획을 세운다는 것은 욕망에서 비롯되기에 계획의 실상은 괴로움의 시작인 셈이다.

그래도 해가 바뀌면 또다시 뭔가 해야 하겠다는 강박관념에 사로잡힌다. 공연하게 새로운 계획을 세운다고 수첩에 끼적대며 일 년 동안 나를 괴롭힐 준비를 하는 것이다. 계획을 세우는 건 실행에 옮길 수 없는 것을 기획하는 일이기에 어떤 면에서 보면 나를 들들 볶는 일이기도 하다.

문득 이런 의문이 들었다. 안 되는 것을 고치려고 나를 괴롭힐 필요가 있는 것인가? 왜 쉬고 싶을 때 군이 책을 읽겠다고 애를 쓰는 거지? 그렇게 결론을 내리니 눈이 번뜩 띄었다. 계획을 세우지 않으면 실패도 없을 것 아닌가? 우유부단하다는 자기비판도 없을 것이고.

그래서 올해는 상황을 즐기기로 했다. 계획을 세우지 않는다는 것이 아니라 그냥 즉흥적으로 후다닥 해치우기로 마음먹었다. 하고 싶지 않은 일을 하려는 순간, 하고 싶지 않은 핑계가 머리를 내밀기 전에 말이다. 책을 많이 읽겠다고 계획을 잡지 말고 읽고 싶은 마음이 들 때 책을 읽으면 훨씬 홀가분할 것 같다. 실내운동센터 정기권을 끊었다가 며칠도 못 가서 흐지부지 돈만 날릴 게 아니라 날씨 좋은 날 공원에 산책을 해야겠다. 쉬고 싶을 때 훌쩍 극장이라도 다녀오는 건 어떨까.

새해 아침이 홀가분해진다.

성공보다 더 중요한 나눔

스티브 잡스와 빌 게이츠. 둘 다 1955년생이다. 우연이라고 하기엔 이상할 정도로 절묘하게 같은 해에 태어난 두 사람. 그런데 1955년도는 원래 그런 해였을까. 월드와이드웹(www)의 창시자인 팀 버너스 리도 같은 해에 태어났다. 희한하게도 세 사람 모두 컴퓨터와 관련되어있다. 우연치곤 소름이 끼친다.

세 사람은 각자 다른 환경에서 성장했다. 그런데도 마치 균형을 이루듯 한 사람은 애플사를, 또 한 사람은 마이크로소프트사를 이끌었다. '웹의 아버지'라고 불리는 버너스는 HTML이라는 컴퓨터 언어를 만들어 인간의 생활 패턴을 송두리째 바꾸어버렸다. 그 세 사람이 세상에 뿌려놓은 업적으로 인해 앞으로 인류는 어떤 방식으로 발전할지 예측할 수도 없다. 아마도 우주에 여행을 갈 일도 머잖아 이뤄질 것 같다.

그들에 대해 써놓은 책을 읽으면 기가 죽어버리고 결코 흉내낼 수 없는 포기의 벽이 느껴진다. 그래서 사람들은 그들을 가리커 천재라고 부르는지도 모르겠다. 하지만 그들이 이 세상에 태어나서 잘 먹고 잘 사는 거로 끝났다면 사람들은 정말로 절망을 느꼈을 것이다. 스티브 잡스가 죽었다는 소식이 전해지지 않았다면 말이다.

스티브 잡스가 췌장암으로 급작스레 세상을 떠났다는 소식이 충격이다. 태어나는 건 순서가 있어도 죽는 것은 순서가 없다는 말을 증명하듯 한창 일할 나이에 스티브 잡스는 세상을 떠나고 말았다. 누가 승자인가하는 물음은 유아적인 발상이겠지만 IT 정보계의 독보적인 존재도 인생에 있어서는 어쩔 수가 없는 모양이다. 마치 초반에 결말이 읽혀지는 소설의 끝부분처럼 잡스는 허무하게 우리 곁을 떠났다.

근거 있는 말인지는 잘 모르겠지만 화를 많이 내게 되면 간에 자극을 주고 그 영향이 췌장까지 연결된다고 한다. 질병을 거슬러 추적하면 스티브 잡스의 평소 성품이 아마도 편안한 사람은 아닐 것이라는 개인적인 생각이다.

그런 점에서 월드와이드웹을 로열티 없이 세상에 무료로 내놓은 버너스는 아마도 무지 겸손하거나 물질에 대해 욕심이 없는 사람일 것이다. 욕심 없는 사람에겐 경쟁은 아무 의미가 없는 일이다. 하지만 게이츠와 잡스는 팽팽한 경쟁의 각을 이루었다. 그 두 사람은 색깔이 다를 뿐 일에 대한 열정은 누구도 따라갈 수 없을 정도라고 한다.

어디였을까? 어느 부분이 그들에게 삶의 터닝 포인트로 작용했을까? 나는 정말로 궁금했다. 그리고 그들을 분석해놓은 책을 덮으며 결론을 내렸다.

분명 성공보다 더 중요한 것이 있었다.

아마도 그것이 한 사람은 죽음으로 한 사람은 생존으로 갈라놓았을 것이다.

게이츠는 남아프리카 슬럼가인 소렌토 지역을 갔다가 기술발전이 부유한 사람에게만 혜택을 주고 가난한 사람들은 외면한다는 현실에 충격을 받았다고 한다. 그 후 그는 재단을 만들어 '창조적 자본주의'를 몸소 실천하고 있다. 돈만 버는 게 아니라 부의 분배를 실현하기 위해 많은 기업들이 그와 함께 동참하고 있다는 꿈같은 이야기가 전해진다.

성공한 후에 어떤 삶을 살아야 하는지, 타인에게 베풀기 위해 노력해본 적이 없는 나는 수첩에다 새로운 미래를 끼적거려 본다. 주자. 퍼주자.

엄마의 구닥다리 핸드폰

서울방문 중 나는 지하철을 오고 가며 친정엄마의 구닥다리 핸드폰에 저장된 메시지를 다 지웠다. 일 년 전에 처음 핸드폰을 갖게 되었다고 자랑하던 엄마는 수신 전화만 받을 뿐이어서 문자함에는 메일이 수백 통이 쌓여있었다.

그리고 용기를 내어 지하철 옆자리에 앉아있는 남자에게 핸드폰을 들이밀며 자음과 모음을 조합하는 방법을 물어보았다. 그는 핸드폰문자를 아직도 사용할 줄 모르냐는 듯 나를 의아한 표정으로 바라보더니 'ㅡ'와 'ㅣ' 그리고 '아래 ·' 모음 3개로 글자를 만드는 법을 알려주었다. 손에 익지 않지만 손가락이 누르는 대로 이내 몇 글자가 떠듬떠듬 액정화면에 나타났다. 내게 문자사용법을 알려주던 남자는 버튼음을 줄이라는 충고도 해주었지만 그 말을 따르진 않았다.

하지만 그의 충고는 옳았다. 그가 내리고 난 다음에 젊은 여자가 내 옆에 앉았다. 나는 정신없이 문자 연습에 빠져 틱, 틱. 틱

자음과 모음을 눌러댔다. 내 옆에 앉았던 여자는 버럭 '시끄러워!'하며 다른 자리로 옮겨 앉았다. 무안했지만 어떻게 소리를 줄여야 하는 건지 몰라서 헤맸다. 누군가에게 물어볼까 두리번거리다 핸드폰을 가방 안에 집어넣었다.

'수신' '발신' '부재중'이라는 입력된 낱말이 영 낯설게 느껴진다. 엄마도 그랬던 것일까? 아마도 그 말뜻을 몰라 신호가 오는 전화만 받았을 것이다.

삭제된 문자들은 모두 광고메일이었다. 혼자 사는 노인에게 세상은 흥미가 없거나 관계할 이유가 없는 일인지도 모른다. 엄마 집 근처에 남동생이 살아도 핸드폰을 사용할 줄 모르는 엄마를 헤아리진 못했다. 무심한 동생을 나무랐다가는 갈등만 더 커질 것 같아 입을 다물었다.

집으로 돌아온 나는 엄마에게 문자를 받는 방법과 작성하는 법을 알려주었다. 역시 무리다. 몇 번을 반복해도 엄마의 굼뜬 손동작은 엉키기만 했다. 내가 엄마 닮아서 기계치인가? 다른 건 다 잊어버려도 좋으니 문자가 오면 열어보기만이라도 하라고 학습을 끝냈다.

기계에 길들여지지 않는 엄마는 실은 은연중에 문명을 거부하고 있었다.

아마 스티브 잡스가 살아있다면 그는 남은 생애 문명을 거부하는 노인을 굴복시키기 위해 안간힘을 썼을 것이다. 그의 죽음을 두고 세상은 떠들썩했지만 그도 신제품개발이라는 이유를 들어 소비를 부추기며 인간의 존재가치를 물질세계에 끌어다 놓은 인물 중 한 사람에 지나지 않는다.

아무도 지하철에서 책을 읽지 않았다. 사람들은 저마다 스마트 폰을 들고 있었고 한시도 손을 가만두질 못했다. 죄다 문자를 보내거나 게임을 하고 있었다. 힐끔 옆자리를 훔쳐보았다. 스마트 폰으로 쫓는 영상은 저급한 쇼프로였다. 지하철은 사색하지 않는 영혼을 일깨우듯 덜컹거렸다.

헤이, 스티브 잡스! 그대가 사는 곳에서 바라본 이 세상, 정말 맘에 드나요?

욕망도 철이 든다

어릴 적에 외할머니는 나를 '번캐'라고 불렀다. 번개보다도 더 빠르다고 해서 붙여진 별명이다. 외갓집에 가면 반가운 마음에 신발을 가지런히 벗을 겨를 없이 집안으로 뛰어들었다. 외갓집 마루는 야트막해서 달려오는 그 속도를 유지하면서도 신을 벗을 수가 있었다.

"쯔쯔, 번캐 같으니…."

외할머니의 혀 차는 소리에 돌아다보면 마당에 나뒹굴어 있는 신발은 내가 봐도 가관이다. 신발 하나는 저쪽에, 또 다른 신발은 뒤집어져 있다.

노래를 좋아하셨던 외할머니에게 나는 노래방 기계였다. 나는 할머니를 위해 뜻도 모르고 '빈대떡 신사'를 부르고 '처녀 뱃사공'을 불러재꼈다. 그 여세를 몰아 나는 초등학교 때부터 고등학교 때까지 줄곧 오락부장을 맡았었다. 체육 대회 때 응원단장은 물론 수학여행을 갔을 때는 쏘울 춤으로 분위기를 휘어잡았다.

그런데 실상 나는 끼도 없고 말주변이 없
으며 유머감각도 없다. 그런데도 한때는 드럼
을 배운다고 설쳐대기까지 했으니 분수를 모
르고 들까불었던 것이다. 그때 진작 정신분
석학의 창시자였던 프로이트를 만났더라면 엉뚱한데 정신을 팔
지는 않았을 텐데.

프로이트는 사람의 의식의 밑바닥에는 무의식이 잠을 자고 있
는데 그 무의식이 나를 지배한다는 것이다. 대륙처럼 거대한 무
의식이 억압당했을 때 사람은 히스테리를 부리게 되거나 강박 증
세를 보인다는 이론을 진작 알았어야 했다.

어쩌면 번개 같았던 학창시절의 쓸데없는 행적은 재능이라기
보다는 내 욕망을 대신한 몸부림이었는지도 모른다. 욕구가 현
실로 인해 좌절감을 느꼈을 때 보이는 병리적인 증상이랄까. 그
걸 재능이라고 착각하고 방송국 주변을 기웃거렸다면 아마도 쪽
박 신세를 면치 못했을 것이다.

인간만큼 스펙트럼이 넓은 동물도 없다. 며칠 굶게 되면 남
의 빵에 손을 대는 것도 인간이고 명예를 지키기 위해서는 목숨
도 아깝지 않은 게 또한 인간이다. 하지만 그건 어디까지나 눈으
로 포착할 수 있는 의식의 세계여서 내 의지로 조절이 가능하다.

하지만 사람은 때론 자신을 알지 못할 때가 있다. 왜냐면 자

기의 내면에는 낯선 사람이 또 한 사람 들어앉아 있기 때문이다. 그 내면에 들어앉은 아이. 그 아이가 가끔 툭 튀어나와 나를 당혹하게 만들었다.

재능과 정서불안 사이를 오락가락했던 나는 승부욕이 아주 많다. 아니 승부욕만 많았다. 욕심만 많았던 것이다. 욕망은 결핍과 불만족과 한 패거리다. 바라는 게 많으면 늘 허전하고 충만감이 없다. 과한 욕구는 행복을 느끼게 해주는 것이 아니고 오히려 상실감만 경험하게 한다. 비교의식이 무한정으로 싹이 트던 학창시절에 번캐처럼 앞장서서 설쳤던 것은 만족했기 때문이 아니라 현실이 불만족스러워서 썼던 가면이었다.

노력하지 않은 욕망은 열등의식으로 흘러가고 만다. 나는 마늘만 먹고 인간이 기다렸던 곰에게 가서 인내심을 배워야 했다. 산속에서 길을 잃었을 때는 가만히 있어야 별의 위치도 보이는 법이다. 길을 찾는답시고 이리저리 우왕좌왕하다 보면 나중엔 지쳐 죽게 된다. 인생에서도 마찬가지다. 의욕이 넘쳐난다고 설칠 것이 아니라 때론 가만히 자신을 들여다보아야 한다. 이것저것 집적대다가 흐지부지 끝냈던 철없던 시절을 지금도 잊지 못하는 이유다.

우린 어떤 표정을 짓는가

한국인이란 국적으로, 아니면 한국인 혈통이 반만 섞여도 세계무대에서 활약한다면 우리는 박수를 아끼지 않는다. 나와는 평생에 만날 일이 없는 관계인데도. 이유는 단 하나, 같은 한국 사람이라는 것 때문이다. 박찬호의 연봉에 관심을 쏟고 김연아의 놓친 우승에 내 일처럼 안타까워하는 것도 모두 동류의식에서 비롯된 관심이다.

뿐만 아니라 노벨상을 수여하는 시기가 되면 괜히 우리가 먼저 나서서 후보의 이름을 들먹이며 분위기를 부추긴다. 당연히 수상자로 지목이 되어야 할 것처럼 참견을 하는 것이다. 국제적으로 실력을 인정을 받는 일은 분명 영광스런 일이기에 당연히 축하를 해줘야 마땅하긴 하다. 하지만 그건 어디까지나 개인의 노력에 따르는 사적인 결과물일 뿐이다.

폴 에크먼이라는 사람이 있다. 그는 사람의 얼굴 표정을 연구하는 사람이다. 감정으로부터 나오는 얼굴표정이 타고 나는 것인가 아니면 문화적으로 훈련된 산물인가를 규명하기 위해 그는 문명의 접촉이 없는 오지로 들어갔다. 파파누기아의 고원지대다.

그가 그 장소를 택한 데는 신경학자 칼튼 가이두섹이 그곳에서 10년이나 넘게 살고 있었기 때문이다. 가이두섹은 구루병으로 죽어가는 한 식인 부족민들을 연구하고 있었다. 그리고 가이두섹은 머잖아 이 석기문명이 사라질 것을 우려해 10만 피트 이상의 동영상을 촬영해놓았던 것이다. 한 번 보는데 6주간의 시간이 필요한 분량이다. 폴 에크먼은 그가 찍어놓은 자료로 토대로 마침내 『얼굴움직임해독법』이라는 책을 1978년도에 발표하게 된다. 그가 정리해놓은 연구는 많은 학자들이 인용을 하게 되는 중요한 자료가 되었다.

가이두섹은 부족의 절반을 죽게 했던 원인이 식인의 습관 때문이라는 것을 발견했다. 식인종들은 병들어 죽은 사람들을 익히지 않고 날것으로 먹었던 것이다. 가이두섹은 그 몇 년 후 잠복성 바이러스의 정체를 발견함으로 노벨상을 받게 되었다.

우리의 경우를 살펴보자. 조금만 더 과거로 거슬러 올라가면 구한말 연민의 눈으로 한국 국민을 바라보던 파란 눈의 백인이 있었다. 성공한 개업의이고 교수이기도 했던 선교사 올리버. R. 에비슨은 미국에 와서 조선선교 보고를 하게 된다. 그 강연에 감동 받은 사업가 루이스 세브란스에 의해 세워진 것이 바로 세브란스 병원이다.

금방이라도 멸망할 것 같은 허약한 나라가 용기와 결단을 가진 소수의 사람들에 의해 위대해지고 있다는 것은 참으로 다행한 일이 아닐 수 없다.

한국 정부는 글로벌 정치를 외치며 세계화를 부르짖는다. 영어만 잘하면 세계화가 되는지는 잘 모르겠는데 아마도 영어가 곧 세계화라는 등식으로 이해하고 있는 것 같다. 그런 점에서 본다면 미국에서 사는 자녀들은 영어 습득에 있어서 유리한 환경에 살고 있는 셈이다.

문제는 우리가 지향해야 하는 목표가 어떤 곳에 있는가 하는 점이다. 모든 부모의 희망은 자녀가 명문대를 나와서 의사나 변호사가 되는 것, 아니면 미국사회에서 중요한 위치에 자리 잡는 것, 이 두 가지일 것이다. 그만한 위치에 오르는 것도 쉬운 일은 아니다. 하지만 그것만이 이 이국땅에 식솔들을 끌고 와서 살고 있는 목적이라면 너무 협소한 안목이다.

미국에서 명문학교를 나와 서류조작으로 변호사 자격을 반납하고 BBK 사건에 연루되어 주가조작으로 실형을 받았던 어느 남매의 이야기가 이민의 자화상이라면 참으로 씁쓸한 일이 아닐 수 없다.

우린 정체성의 원본 있나?

난 한국말을 전혀 못 하는 1.5세나 2세를 보면 시뮬라크르 simulacre라는 단어가 떠오른다. 원본 없는 복제. 아니면 불완전하게 베낀 복제. 과연 원본 없는 복제가 가능하기나 한 걸까.

판화에는 원본과 복제본이 있다. 그림마다 일렬번호가 하단에 적혀있다. 그 숫자는 복제한 것 중에서도 몇 번째 그림이라는 차례를 알려준다. 소유하고 싶은 욕구를 어느 정도 충족시켜 준다는 점에서 판화는 인기가 있다. 하지만 희소성의 가치를 따진다면 유화보다는 떨어진다. 유화는 판화처럼 똑같이 대량으로 복사할 수가 없기 때문이다. 하지만 유화도 엄밀히 따진다면 자연이라는 실물을 모방한 복사본에 불과하다.

나는 종이라는 평면 위에 사물을 입체로 나타내게 하는 법을 알고 있다. 밝고 어두움의 처리. 말자하면 역광을 끼고 있는 그림자를 그려 넣으면 된다. 그림자는 입체감을 주어 사물이 앞으로 돌출한 것처럼 착각하게 만든다. 그러니까 그림을 잘 그린다는 것은 실물과 최대한 가깝게 보이게 명암처리를 잘하는 테크닉을 말한다. 데생은 모방의 시작이자 끝이다.

모방의 기술은 '있는 그대로를 그리느냐' 아니면 '느끼는 대로 그리느냐'로 나뉘어 진다. 인상파 화가들의 그림을 보면 실물과는 전혀 다르다. 모네가 그린 연꽃은 멀리 떨어져서 보면 분명 수련이긴 한데 가까이에서 그림을 감상해보면 어디에도 꽃의 형상은 없다. 넓적한 붓 자국만 가득 있을 뿐이다. 느낌은 있지만 형체는 없다.

그 이전의 화가들은 실물과 똑같이 묘사하는데 전력을 다했다. 귀족들의 초상화를 그려 생계를 유지했던 그 시절의 화가들은 최대한 실물에 가까운 모습을 화폭에 옮기려 애를 썼다. 하지만 사진기의 발명은 그 모든 수고를 묵살해버렸다. 찰칵거리는 몇 초 만에 완벽하게 실물이 재현되는 것이다. 사진기술은 더욱 발달해서 사물을 그대로 재현할 뿐만 아니라 창작의 한 부분으로 영역을 넓혔다.

원본에 집착하는 사람들의 고정관념을 깨버린 사람은 앤디 워홀이다. 그는 실제의 모델이 아닌 사진을 갖고 새로운 이미지를 만들어 복제의 한계를 뛰어넘어 버렸다. 때문에 굳이 마릴린 몬로의 모습과 똑같을 필요가 없는 것이다. 실물과 일치하지 않아도 우린 그의 그림을 보고 마릴린 몬로라고 여기고 체 게바라를 기억한다. 앤디 워홀의 작품은 자본주의가 낳은 대량생산의 필연적인 결과물인지 모른다. 시뮬라크르는 예술 세계에서만 통하는 것이 아니고 이미 세상은 복제의 복제로 가득 차 있다. 짝퉁일지라도 명품 핸드백을 갖고 싶은 욕망은 새삼스런 일이 아니다.

　그러면 미국 땅에 살고 있는 이민 1세들은 어떤가. 과연 문화의 원본을 갖고 있다고 볼 수 있을까. 엄밀히 따지자면 우린 원본을 잃어버린 사람들이다. 어느 가정도 한국적인 전통을 재현하지 않는다. 생략 아니면 절충의 방식을 택한다. 뿌리를 강조하지만 아무도 명절날 한복을 입지 않는다. 마켓에 가서 송편을 집어 드는 것으로 명절 기분을 내 볼 뿐이다.

　전통의 원본을 간직하지 못한 부모 밑에서 자녀들이 문화의 정체성을 잃어버리는 건 당연한 일이다. 미국에 살고 있다는 것, 그리고 영어를 잘한다는 것만으로 글로벌 시대의 인재가 될 수 없다. 그렇기 때문에 이 땅에서는 한국문화와는 다른 이민문화의 시뮬라크르가 필요하다.

이중국적을 보는 이중잣대

최근에 이민 1.5세나 2세들의 한국 진출이 늘었다. 타국에서 자랐지만 돌아갈 모국이 있다는 건 참으로 다행한 일이 아닐 수 없다. 그런데 툭하면 국적문제가 뜨거운 감자로 떠올라 논쟁의 빌미가 되고 있으니 안타까운 일이다.

국적을 바꾸는 데는 정치적 망명 따위나 여러 가지 경로가 있겠지만 요즘은 주로 이민을 통해서 이루어진다. 이민은 경제적인 뒷받침이 있어야 하기에 여건이 되지 않는 사람들에게는 부러움인 동시에 질투의 대상이 되기도 한다. 이민이 상류사회의 기득권이라는 비난을 피할 길이 없는 것은 미국시민권을 얻기 위해 원정출산을 하거나 군대를 가지 않기 위해 유학을 보내는 일 모두가 돈이 있어야 가능한 일이기 때문이다.

국적에 관한 한 우리는 역사적으로 가슴 아픈 기록들을 갖고 있다. 국적 없는 서러움에 대한 일화를 들자면 손기정 선수의 베를린 올림픽 마라톤 우승을 빼놓을 수 없을 것이다. 1936년 8월

당시『동아일보』와『조선중앙일보』는 손기정 선수의 사진에서 일장기를 지워버려 무기정간을 당해야 했다. 그로 인해 체육부 기자와 사회부 기자들은 활동금지를 당했고 사진을 수정했던 화가는 구류처분을 당하고 말았다.

그런가 하면 1937년 일본이 중일전쟁을 일으켰던 직후에 연해주에 살던 18만 명의 조선인들은 강제로 중앙아시아로 실려가서 맨손으로 척박한 땅을 일구며 이국땅에서 살아가야 했다. 이주 1세들은 대부분 러시아 땅에서 사망하고 그 후손들은 현재 모국어를 잃어버린 채 소련인으로 동화되어 살아가고 있다.

그 외에 단재 신채호를 비롯해서 국외로 망명을 해서 독립운동을 하다 해방을 맞이하기 전에 사망한 200~300명에 이르는 독립유공자들은 한국인임에도 한국 국적이 없다.

그들에게 모국은 어떤 의미일까. 아마도 해외에 나가 사는 사람들에게 모국은 성공하려는 이유의 본질이라고 해도 과언이 아닐 것이다. 돌아가고 싶은 땅, '대한민국'이라는 이름만 떠올려도 눈시울이 뜨거워지고 애국심이 솟아난다. 그래서 해외에 사는 이민 1세들은 한국인 부모 밑에서 태어난 2세들이 설사 국적은 한국이 아니더라도 혈통적으로는 엄연히 한국 사람이기에 본국 진출은 당연하다고 여기는 것이다.

그런데 막상 한국에서 활동하는 일은 그리 간단하지 않다. 국적을 따져 들며 활동을 거부하는 것이다. 해외에 진출하는 인력들을 자국으로 끌어들이는 것도 지혜이고 그들은 바로 무형의 자산이라는 의식전환이 절실하다. 한국인 피가 반만 섞여도 세계무대에서 활동하면 한국 사람이라고 자랑스러워하면서도 모국으로 돌아온 이민 2세를 받아주지 않는다면 그것은 밥그릇을 빼앗기지 않으려는 옹졸한 세계관을 지녔다고밖에는 볼 수 없다.

그래도 이민 2세를 '너의 나라에서 가서 자리 잡고 살아라'라고 몰아붙이는 모국인이 있다면 올림픽 블로바드에 있는 한국마켓에서 만난 어느 할머니의 이야기를 들려주고 싶다.

"나? 딸 초청으로 미국에 왔어. 내가 시민권자라고 나라에서 돈도 줘. 뭐라고? 나더러 미국 사람이라고? 뭔 소리여? 내가 한국 사람이지 우째 미국 사람이여?"

인생의 루저, 갑질

　잘렸다. 존재감이 없는 파트타임에 해고라는 표현은 어울리지 않는다. 무수히 많은 단기 인력들이 거쳐 갔을 그 보직은 원래 그런 대접을 받는 자리였으므로.

　전임자의 퇴장은 내게도 곧이어 닥칠 암시였고 번듯한 그 조직의 과거사였다. 그즈음이었을 것이다. 신영복 교수의 유튜브 동영상을 보게 된 우연이.

　신영복 선생의 삶을 엿보게 됐다. '처음처럼' 로고 글씨로 그 명성은 익히 알고 있었지만 감옥에서 20년 동안 지냈다는 건 뜻밖이었다. 독방에도 5년 동안 있었다니. 나는 책꽂이에 꽂혀있기만 했던 그분의 저서 '강의'를 그제야 집어 들었다.

　정치범으로 감옥에 갔을 때 그의 나이가 27살, 그리고 20년이 흘러 전향서를 쓰고 출소하게 됐다는 이력은 내게도 억울함이 몰려왔다.

권력은 그의 젊음을 빼앗아갔다. 분명 억울했을 것이다. 권력으로 자신의 인생이 송두리째 망가졌는데도 그분의 인상은 참으로 편안해 보였다. 어떻게 저렇게 평온함을 유지할 수 있지? 내 관심의 시작은 그것이었다.

감옥이라는 데는 또 다른 힘의 권력이 존재하는 곳이다. 사회 부적응자들인 그들만의 무지막지한 서열이 있는 폐쇄적인 곳. 세상과 격리될 만큼 상식적이지 않은 사람들과 같이 섞이기란 쉽지 않은 일이었을 텐데. 그런 최악의 장소에서 서체가 탄생하고 편지가 쓰였다. 얼마나 감동적이었으면 가족에게 보낸 편지들을 모아 책으로 엮었을까.

권력에 대항하는 또 다른 사건은 1963년에 일어났던 '고재봉' 사건이다. 대대장 공관병이었던 고재봉이 고기 한 근을 훔쳐 나오다 들켜 7개월 감옥형을 받았다. 그는 출소하자마자 자신을 영창으로 보냈던 대대장 일가족을 무참히 살해했는데 알고 보니 죽은 가족은 새로 부임된 다른 중령이었다. 연민을 느끼지 않을 수 없었던 사건이었다. 고기 한 근을 슬쩍하게 만든 경제구조에서 비롯된 사회문제였으므로.

권력이 가진 자의 행동을 흔히 갑질이라고 부른다. 사회의 물의를 일으킨 대한항공 땅콩 사건, 한화 그룹 아들 난동사건, 종근당 회장의 운전사 폭언 등은 힘 있는 자가 보여준 갑질의 전형이다.

갑질하는 사람의 심리는 대체로 사이코패스 성향이 짙다고 한다. 그들은 자신의 지위를 남용해 자신의 존재감을 확인한다. 반말을 일삼고 자신의 기분에 따라 지침서를 바꾸다가 그것도 성에 차지 않으면 해고의 칼로 내친다. 창백한 사회에서 을은 늘 절망에 자지러지고 만다. 누구라도 고재봉이 되지 않겠는가.

결국 최고의 갑이었던 대통령 박정희는 부하의 총에 맞아 죽고 을을 대표했던 신영복 교수는 출소 후 감동적인 저서를 남기고 세상을 떠났다. 복수는 자연의 순리대로 이루어진다.

인생의 루저는 조직에서 내쳐져 짐을 싸는 을이 아니라, 자신의 지위가 영원할 거라고 믿는 갑의 착각이다.

진주만에서 생각한 전쟁

　언제나 그렇듯이, 진실이 보존된 전쟁 기념관에 들어서면 빛바랜 과거라 할지라도 마음이 먹먹해진다. 셔틀 페리를 타고 USS 아리조나가 침몰된 지점에 세워진 USS 아리조나 추모관에 들어섰다. 일본군의 진주만 기습공격으로 바다에 수장된 1,177명의 전사자 명단이 적힌 석면 앞에서 모두 침묵했다.

　트럼프 대통령이 아시아 5개국 순방에 앞서 하와이를 방문했던 그즈음에 나도 하와이에 있었다. 하와이 방문은 올해로 세 번째다. 와이키키 해변이나 폴리네시안 민속촌에 대한 설렘은 이제 없다. 다시 찾은 도올(Dole) 플랜테이션에서 사 먹은 파인애플 아이스크림 맛도 기억 속의 그대로다. 하지만 열 번을 찾는다 한들 전쟁의 흔적이 보존된 추모관이 식상할 리 없다. 누군가의 희생은 늘 고맙다.

　바닷속에 수장된 병사들에게 하늘을 보여주기 위함일까. 지붕 없이 설계된 건축구조물 사이에 솟아있는 성조기는 흰색 만큼이나 경건하게 바람에 휘날렸다.

미조리 함 선상에 서서 나는 빚진 자라고 생각했다. 일본이 포츠담 선언을 준수하겠다는 내용에 항복서명을 하던 역사적인 장소였던 미조리 함은 일본 사람에게는 치욕의 장소로만 기억될 테지만.

"War in Korea"라고 굵은 고딕체로 써 있는 판넬 앞에서 걸음을 멈추었다. 판넬 서문에는 "잊혀진 전쟁이라고 불리어졌던…"라는 문구로 시작했다. 한국 전쟁, 한국이란 나라가 지구 어디에 붙어있는지도 몰랐을 시절에 한국전쟁에 참전했던 UN군 병사들의 모습이 한 컷씩 걸려있었다. 방한복을 입고 쪼그리고 앉아 커피를 마시는 뉴질랜드 병사의 눈 덮인 배경이 눈길을 끈다. 저 병사는 생존했을까. 겨울을 몰랐을 그 병사는 한국의 추운 겨울이 얼마나 당혹스러웠을지. 한쪽 벽면에 UN군 전사자 5만여 명 중에 미군 전사자 수는 33,652명이라고 명시됐다. 미국에 대한 감사를 저버릴 수 없는 이유다.

트럼프의 방한이 끝나고 문재인 대통령이 베트남을 방문했다. 베트남 국민들에게 마음의 빚이 있다는 메시지를 영상으로 전했다고 한다. 뭉클했다. 외교적인 문제로 논란거리가 될 거라고 청와대 참모들이 만류를 했다지만 나는 그 메시지를 전적으로 지지한다.

비둘기 부대를 시작으로 정글에서 용맹을 떨쳤던 맹호, 청룡,

백마부대의 무용담은 자랑스럽다. 한국은 월남전에서 벌어들인 외화로 가난을 벗어나는 산업화의 기틀을 마련하게 된 것도 부인할 수 없다. 하지만 그 용맹의 뒷모습은 어두웠다. 베트남 전에서 전쟁포로가 한 사람도 없다던 국방부 거짓발표, 전과를 위해 과장되거나 덮어버린 베트남 민간인 학살은 고엽제로 고통을 받고 있는 상이용사들의 아픔만큼이나 상처가 깊다.

전쟁은 승전국이든 패전국이든 인류 모두에게 도의적인 부채를 떠안는 일이다. 전사자에 대한 감사와 무고한 희생에 대해 참회하는 것은 역사의식에 위배되는 것이 아니라 인간이라면 가져야 하는 의로운 양심을 보여주는 일이다.

전범국가 일본이 무조건 사죄해야 하는 이유다. 양심이 있다면 보상금이 아니라 전쟁 중에 저지른 만행에 대해 진심으로 용서를 빌어야 한다. 위안부로 끌려갔던 할머니들께 말이다.

한국 이미지 부조상

사람은 애매모호한 존재다. 한 마디로 좋다, 나쁘다 정의를 내릴 수 없다. 그래도 평가를 내려야 한다면 대개는 그 사람의 행적으로 그 일생을 평한다. 그런데 문제는 평가 기준이 삼차방정식처럼 복잡하다는 것이다.

그 예로 우리는 이순신 장군을 천하의 용장으로 알고 있고 원균은 이순신을 괴롭히는 모함꾼으로 알려져 있다. 그런데『선조실록』에 보면 전혀 다른 내용의 글이 쓰여 있다.

'임진왜란이 일어났을 때 원균이 이순신에게 원군을 청했지만 이순신은 왕명이 없다는 이유로 군사를 움직이지 않았고 일본군 침입이 시작된 20일이 지나서야 군사를 움직였다. 적을 칠 적에 원균은 죽음을 무릅쓰고 선봉이 되어 이순신과 같은 공을 세웠는데 이순신이 그의 공적을 가로챘다. 게다가 원균은 이순신을 대신하여 통제사가 되어 이미 여러 차례 싸움이 어렵다는 실정을 아뢰었다. 그런 그를 도원사 권율은 곤장을 때렸고 결국 패전할 것을 알면서도 출전한 원균은 몸을 나라에 바쳤다. 내 일찍이 원균은 지략과 용맹이 구비되었는데 때를 잘못 만나 공은 없어지고 일을 실패한 것이 불쌍했다. 그 공을 논하면서 2등에 둔다면 어찌 원통치 않겠는가?'

선조는 이렇게 말하고 권율, 이순신, 원균을 똑같이 1등 공신으로 삼았다는 것이다. 그런데 『선조수정실록』에 보면 원균을 형편없는 사람으로 묘사하고 있다. 『선조실록』은 광해군 때 쓴 것이고 『선조수정실록』은 광해군을 몰아내고 인조반정을 일으켜 정권을 잡은 서인들이 고쳐 쓴 것이다.

같은 인물이라도 시대상황에 따라 엉뚱하게 평가될 수 있다. 하지만 시대가 바뀌어도 바뀔 수 없는 절대기준이 있다. 그것은 남을 위해 자신을 얼마만큼 희생했는가 하는 것이다.

진시황제가 중국을 통일하고 아무리 만리장성을 쌓았다 해도 그는 존경을 받을 수 없을 것이다. 진시황제의 영광 뒤에 백성들은 부역과 세금에 시달려야 했기 때문이다. 네로 황제는 폭군이라는 수식어 말고는 없다. 시를 짓기 위해 도시를 태운 황제에게 시대가 바뀐다고 그 수식어가 바뀌지는 않을 것이다.

이순신 장군이 써놓은 난중일기를 보면 그리 영웅답지 않았음을 발견할 수 있다. 그래도 우리는 이순신을 인간적인 면모보다는 싸

우다 장렬하게 죽어간 시대의 영웅으로 기억한다. 거북선이나 학익진을 펼친 병술은 충분히 그를 용장으로 대접할 만한 가치를 준다.

최근에 LA 한인타운에 설치될 '한국 이미지 부조상'에 대한 기사를 보았다. 당초에 LA 통합교육구 측이 지원하기로 했었는데 재정난으로 지원금이 중단한 상태라는 내용이다. 한인타운 한복판에 동판 부조상이 세워진다면 그것만큼 뿌듯한 일이 없을 것이다.

그런데 제작될 부조상의 명단 중에 전직 대통령 두 사람의 이름이 내 눈길을 끌었다. 시대에 따라서 사람이 달리 평가되는 것은 얼마든지 있을 수 있는 일이기도 하다. 하지만 그 두 사람이 과연 한국을 대표하는 표본이 될 수 있는가 하는 점이다.

인물 중 한 사람은 4·19학생의거를 일으키게 하는 정치부패를 낳았고 또 한 사람은 독재정권을 유지하기 위해 만든 헌법 때문에 많은 지식인들이 저항하다 죽어갔다. 결국 한 사람은 민족 항쟁으로 인해 하야했고 한 사람은 부하가 쏜 총에 맞아 서거했다.

만약 누군가 그들이 '어떤 사람이었냐'고 묻는다면 뭐라고 대답을 해야 하나.

한국을 위한 또 다른 한국

우연히 한국에서 방송된 프로그램을 보게 되었다. 논객이라 불리는 출연자는 각자가 속한 분야에서는 최고봉들이었다. 지식인들이 나누는 대화가 궁금하기도 해서 내친김에 2편을 연속해서 보게 되었는데 이상한 것은 정치인도 아닌데 출연자 모두 한결같이 한국정권과 북한의 핵문제를 화제로 삼았다. 녹화장소는 방송스튜디오가 아닌 찻집이나 음식점이었다. 자연스런 대화를 이끌기 위한 배려라고 여겼지만 대화내용은 무겁고 답답했다.

남한도 핵을 보유해야 한다는 의견이 충돌되고 남북이 통일해야 한다는 논리가 다른 논리로 반박을 당했다. 남북관계를 말할 때 중국과 미국 또한 빼놓을 수 없을 것이다. '미군을 철수시켜야 한다, 안 된다'라는 의견 또한 팽팽했다. 서로의 의견은 좀처럼 합일을 보지 못했고 어떤 출연자는 상대방 말이 끝나기도 전에 끼어들어 자신의 의견을 고집했다. 듣는 사람이 듣든지 말든지 자기 말만 하는 매너는 실망스러웠고 한심했다. 겉으로 보기에 보수와 진보의 의견대립인 것처럼 보였지만 대화의 실상은 '내 말이 옳고 상대방 의견은 틀렸다'라는 것에만 초점을 맞추는 것 같았다.

보수와 진보. 한국의 정치 상황은 늘 그래왔다. 좌파 아니면 우파. 북쪽에 감정이 쏠리게 되면 빨갱이로 몰아가는 게 한국사회의 고질적인 병폐라고 표현하면 너무 과장된 표현일까? 사실 한국뿐이겠는가. 극단으로 대립하는 건 어느 국가나 있을 수 있는 현상이긴 하다. 한국은 남과 북이 실제적으로 대치된 상황이라 중립은 통하지 않을지도 모른다. 그러나 세계가 움직이는 방식은 머리로 상상하는 것보다 더 훨씬 다양하고 복잡하다. 한국에서 좌파니 우파니 따질 이 순간에도 한국을 바라보는 주변 국가는 다른 견해를 갖고 남한과 북한에 접근하고 있는 것이다.

얼마 전 구글 회장 딸 소피 슈미츠가 북한을 방문하고 미국 농구선수 로드먼이 김정은을 만났다. 이 두 사람의 행보에 무관심하거나 대수롭게 여긴다면 아무리 정치에 해박한 지식을 갖고 있어도 쓸데없는 탁상공론에 불과하다. 흑과 백의 논리로만 해석하려는 경직된 사고방식에서는 미국이 북한에 조심스레 내밀고 있는 카드를 이해하지 못할 것이다.

그런 점에서 해외에 퍼져있는 재외동포들에 대해 특별한 시각을 가질 필요가 있다. 현재 해외로 나가 살고 있는 한국인들의 수는 잠재력 그 자체다. 먹고 살기 위해 무작정 조선 땅을 떠나야 했던 사람들. 일제강점기에 소작마저 얻지 못한 가난한 농민들이 만주, 연해주, 시베리아, 중국, 일본, 미국 등지로 무작정 떠나야 했다. 그리고 그들의 자손과 자손들이 대를 이어 그 땅에서 뿌리를 내렸다. 결코 국적으로도 분리시킬 수 없는 한국인의 혈통을 간직한 사람들이다.

한국이 위급한 상황에 처했을 때 가장 능동적으로 도움을 줄 수 있는 곳이 해외에 살고 있는 한국인들이다. 대한민국 임시정부가 최초로 생긴 곳은 바로 연해주의 블라디보스토크이었다(1919년 3월 21일). 두 번째로 임시정부임을 선포했던 곳은 중국 상해였다(1919년 4월 11일). 남의 나라에서 발붙이고 살기 위해 편의상 국적은 바꾸었을지 모르지만 재외동포들은 한국을 위한 또 다른 한국이다.

할아버지가 물려준 '희망'

지구상에 존재하는 단어 중에 신을 닮은 단어가 있을까? 있다면 아마도 '사랑'이라는 단어가 아닐까 싶다. 언어마다 발음은 다르겠지만 세상에서 사용하는 '사랑'이라는 단어의 의미는 '신을 만나는 순간'을 뜻한다. 왜냐면 그분은 '사랑' 그 자체이기 때문이다.

그렇다면 인간을 위한 단어는 무엇일까? 그건 '희망'이다. 희망과 사랑은 한 줄기로 통한다. 하지만 사람에겐 사랑보다 희망이 먼저다. 실낱같을지라도 희망이 있어야 사랑할 수 있다. 희망을 잃어버린 육체에는 영혼이 깃들지 못한다. 영혼이 떠나버린 육체는 껍데기뿐이어서 우울증으로 자신을 내면에 가두거나 자살로 생을 마감하게 된다.

땅속에 매몰된 33인의 칠레광부를 구출해 내던 캠프의 이름이 '에스페란사(희망)'였다는 것은 결코 우연이 아니다. 그건 어떤 극한 상황에서도 희망을 저버리지 않으면 기적을 체험할 수 있다는 것을 본능적으로 보여준 사건이었다.

그런 의미에서 내 이름은 정말로 희망적이다. '소희'라는 이름은 당시만 해도 흔치 않았다. 다들 소설에서나 등장하는 이름이라고 신기해했다. 한자 뜻풀이는 더 의미가 깊다. 소素는 '희다'라는 뜻도 있지만 '바란다'는 뜻도 있다. 희希는 '바랄 희'다. '바라고 바란다'는 뜻을 지닌 내 이름은 외할아버지가 작명소에서 지어오셨다. 항렬로 짓는다면 내 이름은 '순' 자를 넣어 지어야 했다. 내 사촌들의 이름은 항렬을 따라지었기 때문에 '순심, 순덕, 순만…'이라는 이름들을 가졌다. 어딘가 촌스러움이 풍기는 이름들 가운데 티파니 보석상을 기웃거리던 오드리 헵번의 패션처럼 도시적인 이름을 갖게 된 건 순전히 외할아버지 덕이었다.

외할아버지는 나를 무척 귀여워해 주셨다. 입학식 때도 나는 외할아버지 손을 잡고 학교에 갔다. 외할아버지는 외출할 때도 나를 데리고 다니셨는데 한 번은 버스를 타고 명동 어느 중국집에 나를 데리고 가셨다. 친구분들과 담소를 나누던 외할아버지는 내게도 우동 한 그릇을 시켜주셨다. 하지만 나는 절반도 못 먹고 음식을 남겨야 했다. 어린 마음에 남긴 우동이 어찌나 아까

윘던지. 지금도 나는 중국집에 가서 가끔씩 우동을 시켜 먹곤 한다. 우동은 내게 특별한 음식이어서 들큰하게 육수가 우러난 국물을 떠먹으면 나는 외할아버지가 생각난다.

하지만 어릴 적에 나는 이름값을 하지 못했다. 오히려 외할머니는 나를 '번개'라고 부를 만큼 덜렁댔고 차분하지 못한 아이였다. 그런 나를 외할아버지는 튀밥을 챙겨주셨고 다락에서 외할머니가 숨겨놓은 눈깔사탕을 몰래 꺼내 쥐여주셨다.

어쩌면 외할아버지는 갓 태어난 나에게 '소희'라는 이름을 지어주며 희망을 걸고 싶었는지도 모른다. 직업군인인 남편을 따라 전방으로 옮겨 다녀야 하는 딸의 결혼을 제일 말렸던 분이 외할아버지였다고 한다. 딸의 운명을 막을 길이 없었던 외할아버지는 손녀의 이름을 부를 때마다 희망을 소원하고 딸의 앞날에 희망이 있기를 꿈꿨던 건가.

딸 다섯 중에 제일 박복하게 살아가는 셋째 딸이 늘 마음에 걸렸던 외할아버지의 사랑은 손녀의 이름에 남겨져서 나는 지금, 세기적인 비전을 품고 살아가고 있다.

할머니의 겨울나기

나는 어릴 적에 외가에서 자랐다. 직업군인인 아버지를 따라 전방으로 전전해야 하는 엄마가 연년생으로 남동생을 낳았기 때문이다. 젖도 떼지 못한 나는 할머니의 빈 젖을 만지작거리며 암죽을 먹고 자랐다. 나는 할머니를 엄마로 착각하고 자랐다. 풍류를 좋아하던 할머니는 자신이 좋아하는 가수 남진이 주연으로 나오는 영화에 빼놓지 않고 나를 데리고 다녔다. 설탕 탄 막걸리를 거리낌 없이 마실 수 있던 것도 할머니 손에 키워졌기에 접해본 어른들의 세계였다.

"오늘은 손님이 오시겠군."

"오늘은 국수를 먹는 날이네."

외할머니는 아침상을 물리면 의레 국방색 담요를 방바닥에 펼쳐놓고 화투로 그날의 운수를 점치셨다. 할머니에게 화투는 유일한 소일거리였다. 운수만 점친 게 아니라 답답한 겨울의 하루를 화투로 달랬다. 손님이 올 거라던 날에 아무도 찾아오지 않으면 화투장을 들고 어디론가 나를 데리고 가셨다.

그 집 마루는 유리창을 뚫고 비추는 겨울 햇살이 그득했다. 툇마루 밑 아궁이에 걸린 알루미늄 솥에서는 뽀얀 김이 올라오고 있었다. 찬바람이 들어올세라 꼭꼭 닫은 방문을 열자 낯익은 동네 어른들이 웃음으로 할머니와 나를 환대했다.

이태란 권사, 떡집 할머니, 귀대 어멈.

동네 할머니들은 아랫목에 앉으라며 까칠한 손으로 차가운 내 볼을 비벼댔다. 누군가의 털 조끼 주머니에서 박하사탕을 건네받던 날은 할머니를 따라다니는 재미가 덤으로 붙은 재수 좋은 날이었다.

할머니가 합석하자 짝이 맞았는지 국방색 모포가 깔려지고 귀퉁이가 반질반질한 화투장이 돌려졌다. 내가 맡은 일은 쭈그리고 앉아 종이에 연필로 점수를 적는 일이다. 그러다 배가 출출해지며 그 집주인은 물이 설설 끓는 솥뚜껑을 열어 푹 삶아진 고구마를 양푼에 담아 내왔다. 새끼 병아리 궁둥이 같은 샛노란 고구마 속은 달기도 무지 달았다. 어떤 날은 장국 국수에 사큼하게 삭은 김장김치를 썰어 내놓기도 했다. 매운맛에 덜 길들여진 내 헛바닥과 입언저리는 얼얼해졌다. 헛바닥을 접어 바람을 일으키면서도 국물까지 남김없이 들이켰다.

해가 뉘엿뉘엿 넘어가는지도 모르고 계속되던 10원짜리 내기는 이젠 생각조차 가물가물해지기도 하련만 그리움은 세월이라는 체에도 걸러지지 않는 모양이다.

어른이 되었지만 틀려도 그만, 맞아도 그만인 '오늘의 운세'를 하루도 거르지 않고 확인하는 걸 보면 아직도 품 안의 체온으로 녹아 포장 비닐이 달라붙어 버린 박하사탕이나 꼬깃꼬깃한 셀렘 민트 껌을 기대하는지도 모르겠다.

욕망의 풍선 터뜨리기

나도 오래 살고 싶은 모양이다. 슬금슬금 장수의 비결을 찍은 다큐멘터리에 곁눈질이다. 슬쩍 블루베리를 집어 들고 뇌를 닮은 호두를 카트에 넣었다. 항산화제가 어떻고 노화 방지에는 뭐가 좋다더라 귀로 얻어들은 풍월 덕이다.

아사이베리니, 카카오 가루니 듣도 보도 못한 건강식품들을 얼굴에 바르고 먹어야 한다고 야단들이니 나도 관심 숟가락을 얹었다. 건강에 별문제가 없는 한 100세를 넘기는 것쯤은 그다지 어렵지 않은 좋은 세상이다. 그 덕에 건강의 아이콘이 된 100이라는 숫자가 이제는 친근하기까지 하다. 실제로 주변에 젊은 사람 기력 못지않은 80세의 어르신도 많고 90세를 넘기신 분들을 만나도 그다지 놀랄 일도 아니다.

하지만 거칠고 텁텁한 식감의 호두를 씹는 일까지는 참겠는데 매 끼니 건강밥상을 차리

는 것도, 쉬고 싶은데 가쁜 숨을 몰아쉬어야 하는 운동도 쉬운 일은 아니다. 그래도 다들 장수하는데 나만 100살을 넘기지 못하면 무척이나 억울할 것 같긴 하다. 말이 100세지, 어디 그게 짧은 세월인가.

100이 주는 공간적 느낌은 우주공간에 도달하는 것처럼 멀고 아득하다. 100년 전만 거슬러 올라가도 사람이나 풍경은 낯설고 촌스럽다. 100세를 넘겼다면 금방이라도 숨이 꼴깍 넘어갈 것 같고 걸음도 제대로 떼지 못할 것처럼 위태롭게 느껴진다.

오래 사는 것 못지않은 관심사가 젊게 살아가기다. 클레오파트라의 검은 눈매가 눈 화장의 시초라지만 사실은 강렬한 햇빛으로부터 눈을 보호하려던 방책이었다고 한다. 어쨌든 노화를 방지하기 위해 꿀과 계란을 얼굴에 바르는 방법은 진부하다. 경혈을 눌러주는 피부 마사지서부터 보톡스나 필러시술을 하는 것까지 젊게 살기 위해 애를 써도 목주름은 감출 수 없다. 노인은 결국 노인이다.

오래 산다는 건 무엇을 의미하는 걸까? 어느 농촌에 사는 100살을 넘긴 어르신처럼 20kg 포대를 거뜬히 드는 근력자랑을 하는 것도 나쁘지 않을 것 같다. 젊은 시절 배우고 하지 못했던 때 늦은 공부를 하는 것도 나름대로 보람은 있어 보인다. 피아노나, 그림 그리기 같은 취미생활은 확실히 자기만족과 자신감을 갖게 만들어주는 건 사실이다. 내친김에 아예 자격증을 확 따버릴까?

야무진 꿈은 나이를 따지지 않으니 말이다.

100세 시대가 펼쳐졌다지만 나서야 할 거리가 짧아지고 참견해야 할 영역이 줄어드는 건 어쩔 수 없다. 머뭇거리며 미래를 계획해보지만 부질없다는 생각이 든다. 사실 한때는 남들처럼, 남들 못지않은 사람이 되고 싶었는데 지금은 아니다. 나이를 의식하니 앞으로 나아가는데 소극적이다. 심적으로 위축돼서인지 힐끔힐끔 밟아온 뒤를 되돌아보게 된다. 태어날 때 하늘로부터 받아온 업을 마무리는 제대로 하고는 있는 건지.

내가 지나온 길, 그 길에 새겨진 무늬를 돌아보니 작고 초라하다. 그래도 자꾸만 커져가려는 욕망의 풍선을 터트려야 할 것 같다. 내게 부여받은 시간 안에 하던 일이나 마치고 죽음을 맞이했으면 좋겠다.

동해선을 타고 옥류관으로

말하자면 멈출 수 없는 노래였다. 김영남 최고인민회의 상임 위원장의 눈물과 서훈 국가정보원장의 눈물은 감출 수 없는 노래였다. 나도 울컥했다. 65년 동안 남과 북의 왕래가 끊기자 노래도 끊겼다. 노래가 끊기니 감정마저 단절됐다. 눈물은 끊어진 남과 북을 잇는 노래였다. 평창 올림픽경기를 관람하며 눈물을 훔치던 아흔이 넘은 노구의 노래가 감격이라면 판문점 선언 직후에 손수건으로 눈물을 닦던 한 남자의 노래는 안도였을 것이다.

2018년 4월 27일, 턱 낮은 문지방을 넘듯 판문점 군사분계선을 오고 가는 15초의 장면은 보고 또 보아도 가슴이 저려왔다. 이념보다 민족이 우선이고 체제보다 평화가 먼저라는 걸 눈으로 확인했기에 쑥스러워도 박수를 아낄 수가 없었다. 그 찰나에 묵직한 감동이 단전에서부터 올라왔다. 두 손을 맞잡고 이념을 뛰어넘듯 분단의 턱을 넘나드는 문재인 대통령과 김정은 국무위원장의 행보에 어떠한 분석도, 어떠한 의미부여도 사족이리라.

역사가 그어놓은 38선에서 도끼 만행사건이 일어났고, 때론 굶주림에 내몰린 북한병사가 목숨을 내걸고 남으로 넘어왔다. 반공을 앞세워 민족을 갈등의 대각선으로 몰아넣은 제주 4·3 사태와 여순반란사건은 전쟁보다 더한 아픔이기도 했다. 세계가 남과 북의 대치 관계를 방관했고 때론 분단 상황을 정권 유지의 방편으로 이용하기도 했었다. 문턱 높이의 선을 사이에 두고 남과 북은 반세기가 넘는 동안 적군이 되어 총부리를 겨누었다. 왜?

남과 북의 비극은 휴전이 아니라 왜냐고 반문하지 못했던 침묵이었는지도 모른다. 누구 맘대로? 왜 그렇게 오랜 시간 동안 한민족은 남과 북으로 갈려져야 했는지? 묻고 싶어도 물어볼 수 없었다. 이제는 당당하게 물어야 한다. 언제까지냐고? 왜 같은 핏줄이 서서히 잊혀지고, 모른 척하고 살아야 하느냐고?

7·4남북공동성명이니 6·15남북공동선언이니 몇 차례의 남북교류가 이어지는 듯했으나 그 신뢰는 오래가지 못했다. 통일은 말처럼 쉽게 오지 않았고 남과 북은 언제라도 전쟁이 일어날 수 있는 전쟁상태로 회귀되고 말았다. 전쟁도발을 암시하는 미사일 발포로 북한은 신뢰하지 못할 미친 집단으로 세인들은 정의했다. 그런데.

'종전'이라는 뜬금없는 단어에 눈과 귀는 머뭇거렸다. 충격처럼 다가왔기 때문이다. 생소하고 낯설었다. 평화통일이나 적화

통일이 아닌 종전선언이라니. 그렇지. 종전.

　이전의 남북 교류는 종전협약이 없는 통일만 강조했다. '우리의 소원은 통일'이 아니라 전쟁을 끝내겠다는 선언이 먼저 앞서야 했음을 이번 판문점 선언문을 통해 깨닫게 되었다. 남북정상회담 영상을 보고 또 봐도 눈물이 나왔다. 함박웃음을 짓는 문재인 대통령의 손을 잡아끄는 김정은 위원장의 깜짝 배려는 휴머니즘을 담은 영화의 한 장면보다 더 감동이었다.

　그 분위기를 타고 남쪽의 가수들이 평양으로 가서 봄을 알리고 왔다. 가을에는 북쪽의 노래가 바람 타고 내려올 것이다. 1001마리의 소 떼가 북으로 향했던 감동처럼 평양냉면이 남북정상회담 만찬자리에 공수됐다. 평양냉면을 사 먹으러 열차를 타고 옥류관으로 갈 날도 이제 머지않은 듯하다. 꿈이 아니었으면 좋겠다.

'초능력' 동원한 미군의 프로젝트

오늘은 기상천외한 무기 얘기를 하려고 한다. 물론 시골 촌 구석에 사는 노인들도 알게 된 고고도미사일방어체계 사드 얘기는 아니다.

심리학책을 보다가 어떤 대목에 나는 눈이 번쩍 뜨였다. 어느 실험물리학자의 실험내용이었는데 물리학 이론에 무지한 내가 몇 번씩 읽어야 했던 이론으로, 과학과 생명창조에 관한 연구를 중앙정보국(CIA)이 주목했다는 대목이었다.

실험물리학자인 헤롤드 푸트호프 박사의 이론은 거짓말 탐지기 조작자인 클라이브 백스터에게 전해지고 뉴욕의 아티스트인 잉고 스완이 관심을 갖게 되면서 CIA의 눈길을 끌게 되었다. 말하자면 박사의 제안서가 이 사람 저 사람에게 전해지다가 첩보활동을 하는 CIA가 냄새를 맡고 스완을 방문하게 됐다는데 흥미로웠다.

'원격투시'라고 불리는 이 프로젝트는 1972년부터 1995년까지 20여 년 동안 2천만 달러라는 정부의 지원을 받으며 비밀리에 진행됐다. 그 실험은 피실험자가 아주 멀리 떨어져 있는 목표물을 알아내고 그것에 대해 설명할 수 있는지에 관한 실험이었다.

스탠포드 연구소의 천리한 실험은 CIA뿐만 아니라 국가 정보기관도 관심을 갖게 되었다. 이 실험은 성공한다면 엄청난 첩보에 기여할 수 있는 잠재력을 갖고 있었기 때문이다.

실패와 논란을 거듭하면서도 진행되다가 결국 소련이 붕괴되고 냉전이 끝나면서 그 실험도 막을 내리게 됐다. 더 이상 연구가 진행되지 않았다는 건 '원격투시라는 건 가능하지 않다'라는 결론을 얻었다는 의미일 것이다.

그런데 실험이 완전히 실패로 끝났던 것만은 아니었던 모양이다. 원격 투시자가 된 미 육군 조 맥모니글는 러시아 땅에서 새로운 형태의 잠수함을 만들고 있다는 것을 알아낸 것이다. 두 눈을 감고 말이다.

조는 18년 군 복무 기간 동안 10년간 '스타게이트'라는 이 프로젝트에 참여했고 유공훈장까지 받았다.

무기도 아니고, 싸움에 대한 병술도 아니고 명상을 통한 원격투시라니. 게다가 적진 땅을 밟지도 않고 군사정보를 캘 생각을 하는 미국의 무모한 투자와 154건의 실험에 혀를 찼다.

나는 그 기록을 읽으며 한국의 무속인을 떠올렸다. 그들이야말로 미국이 눈독을 들이는 다른 방법으로 얻을 수 없는 중요한

정보를 얻어주는 생산자들 아닌가.

　우리도 무속인에게 무아지경에 빠져 작두에 올라타 죽은 혼만 부를 게 아니라 귀신더러 북한에서 무슨 작당을 하고 있는지 보고 오라고 시킨다든지, 지리산 계곡에서 연마하고 있는 기공사들을 불러 모아 유체이탈로 북한에 있는 무기고의 위치를 파악하라고 하면 어떨까?

　뜨거운 감자가 되어버린 사드 배치 논란이 끊이지 않는 이 순간도 미국은 또 어떤 비밀스런 무기를 개발하고 있을지. 그게 부러울 따름이다.

베트남 소년 닉의 죽음

닉이 죽었는데. 언제? 어떻게? 라고 물었지만 딸아이는 모른다며 고개를 저었다. 닉 누엔(Nick Nguyen), 올해 26세인 그 아이는 미국에서 태어난 베트남인 2세다.

딸아이와 고등학교 동창이기도 한 그 아이가 우리 아파트를 찾아왔다. 고등학교를 졸업하고 제각각 뿔뿔이 흩어진 지 3년이나 흐른 어느 날이었다. 옆집 사는 이웃으로부터 하루 종일 어떤 남자가 우리 집 현관 앞에서 서성댔다는 말을 전해 들었을 때도 우리는 그 아이가 닉인 줄 몰랐다. 아파트 지하주차장에서 잠을 자다 매니저에게 걸리자 아이는 냅다 달아났고 두 개의 가방만 덩그러니 우리가 차를 세우는 자리에 놓여있었다. 그 아이가 학교 다닐 때 싸구려 마약을 하게 됐고 졸업 후에는 떠돌아다니며 친구들 집을 찾아다닌다는 이야기는 우리가 감당할 수 없는 안타까움이었다.

빨래를 하기 위해 왔다고 둘러대는 그 아이의 거짓말을 못 이기는 척 믿어주지 못했던 것이 내내 마음에 걸렸다. 나는 'Forgive us(용서해줘)'라고 적고 20달러를 넣은 카드를 가방 안에 넣었다. 떠돌이의 가방은 의외로 가지런했다. 두 개의 가방 안에는 속옷과 겉옷, 세면도구와 CD플레이어가 나뉘어져 있었다. 한 달 가량이 지난 후 그 가방들은 사라졌고 우리도 그 아이의 존재를 까맣게 잊게 됐다.

일 년 후, 길게 자란 머리를 너풀거리며 도로를 걸어가는 그를 우연히 보게 되었다. 딸은 용케도 노숙자가 되어 버린 닉을 한눈에 알아봤다. 회복하기 힘든 운명의 길에 들어선 그 아이를 바라보는 나의 연민은 무력했다. 동정은 머릿속에서만 존재하는 이기적인 단어에 불과했다.

그의 죽음이 뜬소문처럼 내게 전해진 건 유로터널에 1,500명의 난민이 한꺼번에 몰렸다는 보도가 실린 직후였다. 해변에 떠밀려온 세 살배기 아이로 인권에 대해 비난과 우려가 쏟아지는 지금의 상황에 비추어본다면 닉의 식구는 그래도 운이 좋은 편이었다. 어떻게 입국을 했던 어쨌거나 미국에 정착하게 되었으니 말이다. 그런데 어쩌자고 닉은 제대로 살아보지도 못하고 죽음을 맞이하게 되었는지. 혹시 미국에서 태어났기 때문에 '보트피플'로 바다 위에 떠다녀야 했던 베트남 전쟁의 슬픈 역사를 알지 못했던 건 아닐까.

공산주의를 싫어하던 월남군 장교도 존경한다던 호치민에 깊은 관심이 있던 나는 베트남 사람인 그 아이의 죽음에 가슴이 먹먹했다. 짧았던 그의 생이 불쌍하고 이혼을 했다던 그의 부모의 무너진 인생도 안타까웠다. 호기심으로 시작했을 테지만 마약에 손을 댄 그의 행동 뒤에 일그러진 어른들의 삶이 원인이 아니라고 부정할 수 없었기 때문이다.

닉의 죽음은 이민가정의 어두운 그늘이었다. 난민이든 합법적인 이민이든. 미국에서 살아도 삶의 질은 자신의 그릇만큼 누리게 된다. 너도나도 오고 싶어 하는 나라지만 미국이라서 더 살기 힘들다. 정체성으로 혼란을 겪는 자녀들처럼 부모들도 사는 게 불안하고 힘겹다. 그래서 말해주고 싶다. 원망스러워도 그것밖엔 안 되는 어른들을 용서하라고.

채워지지 않던
어린 시절의 허전함을 문학으로 풀어내다

나는 초등학교 6학년 때까지 엄지손가락을 빨았다. 엄지는 입 안의 침 때문에 허옇게 퉁퉁 불어있었고 그 때문에 모양마저 왼쪽 엄지모양은 길쭉하게 변형됐다. 아랫니가 맞닿았던 자리에는 굳은살까지 생겼었다. 손가락 빨기는 초등학교에 들어가면서도 그칠 줄 몰랐다. 친구들이 놀릴까 봐 수업시간 동안에는 꾹 참고 있다가 쉬는 시간을 알리는 종이 울리면 득달같이 화장실로 달려가 쪼그리고 앉아 손가락을 빨았다. 손가락을 빠는 장소는 아이들이 별로 드나들지 않던 학교운동장 뒤쪽에 있던 재래식 화장실이었다. 불결한 냄새가 나는 것도 참을 만큼 손가락 빠는 버릇을 끊을 수 없었다. 그 강력한 습관은 중학교 갈 때까지 계속됐다. 누가 시켜서라기보다는 한순간에 저절로 멈췄다. 애정결핍이 채워졌던 걸까?

육군 20사단 포대장이었던 아버지로 인해 나는 동해바다가 보이는 어촌에서 태어났다. 당시 20사단은 강원도에 위치했다. 내가 한 살이 되었을 때 남동생이 태어났다. 촌구석에서 갓난아이 둘을 키울 수 없었던 엄마는 나를 외가에 맡겼다. 한 살이 갓 지난 외손녀를 키우던 외할머니의 고충도 이루 말할 수 없었겠지만 나는 젖내 나는 엄마 품이 늘 그리웠던 모양이다. 우유가 흔하지 않았던 시절이라 쌀을 끓인 암죽을 먹고 자랐다. 공갈젖꼭지도 없었을 테니 엄마 젖꼭지에 대한 갈증으로 입안은 늘 헛헛했다. 모유부족으로 인한 영양분 결핍 때문인지는 모르겠는데 나는 비위도 약하고 허약했다. 쉬는 시간이고 점심시간이고 나는 운동장엘 나가지 않았다. 그 흔한 고무줄도, 줄넘기도 해본 적이 별로 없다. 뜨거운 햇빛 아래 있으면 쉬 지치고 어지러웠다. 내가 제일 싫어하는 시간이 체육시간이었으니 아마도 그게 엄마 젖을 못 먹고 자란 탓일 게다. 아니면 관심병이 컸던가.

아버지가 20년을 못 채운 군대생활을 끝낼 때까지 나는 외가에서 자랐다. 아버지의 전역 후 온 가족이 함께 살았어도 나는 집과 외가를 들락거리는 이중생활을 했다. 하지만 어느 곳에서도 마음은 늘 허공에 떠있었다. 외갓집에 가면 눈치가 보였고 집에 가면 남동생만 챙기는 엄마가 몹시 서운했다. 나는 고집이 세져갔고 엄지손가락은 하루 종일 입에 넣고 다녔다. 이유도 없는 심술이 잔뜩 서린 나는 성격이 원만하지 못했다. 학교에 가서도 수업시간에 헛소리로 분위기를 이상하게 몰고 갔던 건 성격이 활달해서가 아니라 엄마 젖을 못 먹고 자란 탓에 생긴 부작용이었다.

애정결핍으로 유아기에 손가락을 빨았다면 사춘기가 되어서는 반항으로 화풀이를 했다. 언뜻 보면 외향적인 것처럼 보이지만 그건 나를 감추기 위한 위장술이었다. 놀 줄도 모르면서 친구들 앞에서는 괜히 센 척하며 앞장서는 걸 주저하지 않았다. 하지만 나는 소심해서 상처도 쉽게 받고 뒤끝도 있다. 나는 내 자신이 어떤 사람인지 파악도 못 하고 그저 들이받기 좋아하고 거부하고 저항하는 이상한 인간이 되어 20대를 맞이하게 됐다.

그 반항의 뿌리가 아버지였음을 글을 쓰기 전까지 몰랐다. 작가가 되기 위해 소설을 썼던 건 아니었다. 아버지에 대한 애증을 본질적으로 캐다 보니 내 돌출된 행동이 아버지의 인생과 연결되었음을 뒤늦게 깨닫게 되었다.

군인들이 5·16혁명을 도모하던 1961년에 나는 세상에 태어날 준비를 하며 양수 속에서 자라고 있었다. 혁명에 실패하면 군법에 넘겨져 총살형이라는 걸 모를 리 없는 아버지는 혁명군에 가담할지 말지 선택해야 했다. 결국 군사교육을 받으러 간다는 핑계로 광주로 내려갔던 아버지는 혁명에 가담하지 않았다. 혁명은 성공했고 혁명에 가담했던 아버지의 동료와 상관은 박정희 정권을 등에 업고 출세가도를 달리게 됐다.

그해 초겨울, 나는 태어났다. 그리고 몇 년 후 진급마저 실패한 아버지는 군복을 벗어야 했다. 손가락을 빨며 충족되지 않은 사랑을 반항으로 갈구했던 내가 아버지의 허름한 인생을 돌아보게 됐던 건 문학 때문이었다. 내가 아버지의 발목을 잡았을 수도 있겠다는 비약을 품게 됐던 것도 소설을 쓰고 나서였다. 외할아버지가 혁명군에 가담하지 못 하게 말렸다는데, 혁명군에 가담하지 않았던 것은 결국 아버지 스스로의 선택이었을 거라 여긴다. 아버지가 여기저기 찾아다니며 자리를 만들어 달라고 구차한 청탁을 넣지 않았다는 건 선택의 선을 분명히 그었다는 의미였기에. 사선을 넘나드는 전쟁의 포탄 속에서 살아남은 참전용사의 고민이 개인의 영욕이 아니었다는 걸 진즉에 알았더라면 아버지를 그토록 원망하지 않았을 텐데. 나는 오늘도 글을 쓰면서 참회의 향불을 피운다.

2019년 6월
현충원에 안장된 아버지를 그리며
소설가 권소희

초록대문 집을 찾습니다

초판 1쇄인쇄 2019년 6월 3일
초판 1쇄발행 2019년 6월 5일

저 자 권소희
발행인 박지연
발행처 도서출판 도화
등 록 2013년 11월 19일 제2013-000124호
주 소 서울시 송파구 중대로34길 9-3
전 화 02) 3012-1030
팩 스 02) 3012-1031
전자우편 dohwa1030@daum.net
인 쇄 (주)현문

ISBN | 979-11-86644-85-0 *03810
정가 15,000원

도화道化, fool는
고정적인 질서에 대한 익살맞은 비판자,
고정화된 사고의 틀을 해체한다는 뜻입니다.